ولد مِنْ حيفا يُرَنْدِحُ كلمة

UM GAROTO DE HAIFA GIRA A PALAVRA
E OUTROS POEMAS PALESTINOS

NAJWAN DARWISH

edição bilíngue

THIAGO PONCE DE MORAES
[tradução]

URUTAU
2024

editora Urutau

rua dr. manuel pacheco nobre, 109, 4 esquerdo
2830-080
barreiro (setúbal)
portugal

rua do cajú, 478
jardim das cerejeiras, 06724-015
cotia-sp
brasil

[+351] 928053619 [portugal]
[+55] 11 9 4859 2 426 [brasil]

www.editoraurutau.com
contato@editoraurutau.com.br

[EDIÇÃO]
debora ribeiro rendelli
tiago fabris rendelli
wladimir vaz
[REVISÃO]
juliana palermo
[IMPRESSÃO]
iverso
[ISBN]
978-65-5900-781-3

SUMÁRIO

Exausto na Cruz

Você não é poeta em Granada

[prefácio]

Formas de vida, pertencimento impreciso, personagens da existência — um breve olhar sobre a poesia de Najwan Darwish

Thiago Ponce de Moraes

Conheci a poesia de Najwan Darwish ao mesmo tempo em que conheci o poeta Najwan Darwish. Era final de agosto, no festival macedônio *Struga Poetry Evenings*, nos idos de 2016. Me dou conta de que são exatos sete anos de lá até a escrita deste prefácio. Gosto de iniciar por essa nota pessoal, pensando não só em como o acaso nos leva a lugares, a encontros — um poeta palestino e um poeta brasileiro se encontrarem na Macedônia não é algo que acontece com tanta frequência —, mas também em como o acaso talvez te coloque este livro nas mãos.

O mais interessante, no entanto — na esteira deste acaso —, foi a parceria profícua que nasceu daí: já em Struga trocamos livros, e me recordo de ter lido no voo de volta a coletânea *Nothing more to lose,* traduzida por Kareem James Abu-Zeid, tradutor egípcio-americano que tem vertido todo o trabalho de

Najwan para o inglês. Ao longo do festival, tinha escutado algumas leituras do poeta, todas elas em árabe, e a força que Darwish trazia em sua pronúncia já me impressionava; mas ao ler os poemas com calma, em silêncio, pude ter uma experiência ainda mais arrebatadora: uma experiência ao mesmo tempo profunda e tranquila — como se suas palavras fundassem um país, com tudo de difuso e contraditório que há nisso; como se com elas fosse possível visitar a sua terra, conhecer suas paisagens, seu povo. No entanto, não com um olhar imaculado ou compassivo, muito menos investido de qualquer ufanismo ou complacência; com um olhar atravessado por este tempo e por outros, por seu povo e por outros, por sua literatura, sua poesia, mas também pelo diálogo com toda uma tradição que ultrapassa fronteiras linguísticas e geográficas, pela vida em comum e pela vida incomum da guerra, das mazelas reiteradas, mas também da beleza dos encontros, dos começos, das partidas, apesar de.

Retomo: cada um tendo retornado a suas casas, iniciamos uma correspondência constante, num trabalho conjunto de tradução de algumas peças deste livro — a princípio. A primeira vez que publiquei os poemas de Najwan Darwish em português foi na revista *escamandro*, quase um ano depois do primeiro impacto causado por sua obra. Os menos de 10 poemas dessa seleção inicial tiveram uma repercussão bastante considerável, tendo extrapolado o círculo mais restrito de poetas e leitores de poesia em geral, chegando a, entre outras curiosidades, entre outros acasos, ter um de seus versos em português se tornado título para um filme nacional: *Conte isso àqueles que dizem que fomos derrotados* (curta-metragem, 2018).

Daí em diante, a vontade de organizar uma coletânea mais consequente e abrangente da obra de Najwan Darwish só aumentava: recebi do poeta vários dos seus livros, em traduções para várias línguas, o que me ajudou sobremaneira a me aproximar da voz do poeta em árabe, com a mediação de idiomas mais familiares e cujo domínio me facilitava a compreensão de sua dicção com maior clareza e maior assertividade.

Nesse sentido, é preciso mencionar que esta coletânea não foi vertida diretamente do árabe. Foi possível fazer esse movimento, com excelente precisão tradutória, por alguns motivos: primeiro, a poesia de Najwan trabalha num registro muito direto, no sentido de que o poeta utiliza uma linguagem, por assim dizer, objetiva, bastante sóbria e serena, sem grandes torções linguísticas ou sintáticas, nem faz uso de metáforas radicalmente abstratas, o que favorece a tradução mesmo quando mediada por outra língua; segundo, suas imagens são bastante palpáveis de modo geral (sem que isso constitua qualquer demérito — pelo contrário), apontam para uma experiência concreta ou para uma visualidade discernível e localizável no cerne das variadas línguas, com relações diretas e pouquíssimo ambíguas mesmo entre léxicos e idiomas diferentes, sendo o maior dificultador a pesquisa e tradução de topônimos e antropônimos, algo que realizei com bastante cautela e esmero; além disso, utilizei diversas versões em diversas línguas para cotejo de soluções (entre as línguas para as quais os poemas já haviam sido diretamente vertidos do árabe e na chegada ao português brasileiro), e qual não foi minha surpresa ao perceber, na maior parte das vezes, uma coincidência tradutória para muitos versos mesmo em idiomas distintos; e, enfim e especialmente, trabalhei com o poeta todo o tempo, dialogando sobre as opções de tradução, sobre as soluções a serem definidas em última instância e sobre o *sentido* de algumas passagens ou imagens.

No panorama que você tem agora em mãos, há poemas de três livros do poeta palestino: *Nada mais a perder* (cujo título em árabe é *Uma vez acordamos no paraíso*; mas que vem sendo traduzido da primeira forma nas mais variadas línguas), *Exausto na cruz* e *Você não é poeta em Granada*. Algumas das edições mais relevantes consultadas ao longo desses anos para tradução do trabalho de Najwan Darwish, além, evidentemente, das edições originais, foram as seguintes: *Nothing more to lose*, de Kareem James Abu-Zeid, e *Piú nulla da perdere*, de Simone Sibilio; *Fabrication*, de Sausan Hamad; *Exhausted on the cross*, de Kareem James Abu-Zeid, e *Exhausto en la cruz*, de Frances Simán; e, finalmente, *You are not a poet in Granada*, de Kareem James Abu-Zeid, e *No eres poeta en Granada*, de Ibrahim El Yaichi. Outras edições e compilações foram utilizadas, porém as supracitadas trazem os livros por inteiro, o que também dá uma noção mais ampla da linguagem e das questões operadas pelo poeta naquela reunião.

***

A voz poética de Najwan Darwish apresenta uma lírica contundente e crítica. Abre espaço, espelha; confronta. No conjunto de seus poemas, o poeta traz uma convergência de vozes para a cena, muitas delas há muito silenciadas, gesto que por si só já poderia ser entendido como *político*. Mas sua obra vai além, distende, não se encerra aí; sobretudo, procura não se fixar nisso. No lugar de restringir, expande: torna a sua uma voz entre vozes; ou melhor: uma voz *com* outras vozes. Convida, reúne. Seus poemas nos ensinam que há singularidade; no entanto, em nenhum momento perdem de vista a potência dessas singularidades quando em contato, em conjunto. No limite, até mesmo em crise.

Em sua poesia, o indivíduo não está enclausurado em fronteiras, sejam elas quais forem — territoriais, religiosas, culturais, étnicas etc. —; em sua poesia, o indivíduo é vasto e acolhe o outro, faz convergir esse outro, não de maneira passiva e condescendente, não sem atritos e interseções e justaposições e desmembramentos. À maneira da arte. Faz convergirem e coabitarem formas de vida, com tudo o que nisso cabe, com todas as contradições e fissuras.

Isso não quer dizer que sua poesia seja engajada. Pelo contrário: não há gesto panfletário na poesia de Darwish. A sua poesia ora nomeia explicitamente, ora apresenta um *eu* eivado de outros. É como se sua poesia, na verdade, literalizasse o literal em suas palavras, sem ser determinista ou francamente definidora de categorias, fazendo o que a arte faz de melhor: apresentar a sua própria presença, acentuando o caráter daquilo que existe, criando espaço, então, para que seja como é a partir de seus próprios domínios — domínios que são sempre, de algum modo, movediços, instáveis.

Existe, aliás, em muitos de seus poemas, uma exploração da identidade, do caráter daquilo que é identitário e que assinala pertencimento, mas sempre através de uma postura multifacetada, ampla; sempre na chave da impermanência, da inconstância — ou, para ser mais preciso na imprecisão disto, da indecidibilidade. Existe o singular, como já dito, o individual, porém sempre em relação a uma vária coletividade; da mesma forma, o mundo árabe não é entendido e apresentado como uma instância à parte: é também matéria e composição (e fundação) do assim chamado *universal*.

Existir, nesse sentido — como no próprio sentido da vida, como os poemas parecem demonstrar —, não é estanque do mundo e não é estanque do todo. Existir é estar implicado no que existe e com o que existe. Muitas vezes de maneira irresolvível, incomensurável. Isso fica bastante explícito ao longo de seus poemas, especialmente em "Carteira de identidade", que abre a nossa seleção e evidencia um dos matizes mais fortes de seu trabalho. Depois de uma longa passagem por diversos povos e nacionalidades e culturas (etc.) — e depois de dizer que "não há homem livre com quem eu não tenha parentesco" —, o poeta termina o poema com o seguinte verso: "E se alguém for qualquer coisa menos que isso, não é árabe".

Najwan Darwish parece querer nos apresentar, em vários de seus poemas, personagens da existência — pessoas comuns, artistas, figuras históricas, bíblicas e até mesmo deuses —, sobre os quais lança a luz da sua poesia e deixa, também, em seus poemas, que a luz dessas presenças seja acolhida, recolhida e, então, reapresentada à leitura. Passeiam em suas palavras

Omar, Sofrônio, as mulheres de Nazaré, uma garota que se manteve firme enquanto o buldôzer a esmagava, Sulamita, sua mãe, Merriam Kershenbaum e Shlomo Ganor todas as noites às 19:30, senhoras gregas ortodoxas cruzando o checkpoint de Belém, Fairuz ou Umm Kulthum, pessoas com nome e sem, um si mesmo que já é tantos outros que não se pode precisar, além de uma lista muito mais ampla de personagens da existência com quem você irá se deparar ao ler este livro.

O poeta, nesse gesto de apresentação, secciona o tempo para destacar um traço (ou vários) de cada um desses personagens, abrindo espaço e criando um lugar não hierarquizado dentro de sua obra. Assim, Darwish dá, simultaneamente, materialidade à memória e também um vislumbre de eternidade para cada uma das cenas, para cada uma das vidas que permanecem existindo em suas palavras. Um aceno ao infinito. Como no caso do muito jovem Tayseer, no poema "Um conto sobre o fechamento do mar", em que o poeta nos coloca diante dos olhos da criança; e clama: "se você vir dois olhos brilhando com todas as promessas do mundo,/pergunte-lhes, eu te imploro, se o Mar de Gaza já 'abriu',/ou se permanece fechado ainda".

Seu próprio país figura muitas vezes como um desses personagens da existência — e justamente aí se firma: como algo que existe, que insiste em (e por isso não cessa de) existir, afirmando sua existência para além das tentativas de suprimi-la enquanto tal, como chama acesa frente à ventania, "como esperança bordada com desespero,/ desespero destilado da esperança" (palavras que se leem no poema "O Mar"). A forma como o poeta desloca e recoloca o desespero em seus poemas — mas também a esperança — nos faz reconhecer a Palestina viva e pujante, que nos chama, plena de força e prenhe de seres que sabem seguir adiante, apesar dos algozes mais profissionais de hoje e das bombas que caem de um céu que "se rompe em carne viva", como no poema "Dormindo em Gaza": "Fado, vou dormir como as pessoas dormem/quando bombas estão caindo/e o céu se rompe em carne viva".

Uma lição que não se limita. Uma experiência que não se restringe ao empírico, mas que se desdobra na partilha sensível dessas paragens e palavras que carregam consigo contradições, absurdos, sonhos. Vida. Um convite inesgotável ao vislumbre da experiência humana naquilo de mais vário e múltiplo que transporta; um convite interminável àquilo que testemunha também a nossa passagem por aqui — e que permanece.

***

Este breve prefácio não tem, evidentemente, a pretensão de esgotar qualquer das questões trazidas pela obra de Najwan Darwish, o que seria de toda forma impossível. Este texto pretende, de certo modo, ser uma saudação à chegada deste conjunto de poemas que você tem em mãos, e que reúne um panorama dos livros *Nada mais a perder/Uma vez acordamos no paraíso*; *Exausto na cruz* e *Você não é poeta em Granada*, sendo a presente seleção a primeira recolha da obra do poeta em nosso país. Como disse uma vez o próprio poeta em uma entrevista, que cito de memória: "o que eu quero dizer já está dito nos meus poemas". De modo que todas as minhas palavras poderiam ser resumidas ao seguinte convite, como dito acima, e que ora reitero: adiante, leitor, siga pelas páginas deste livro, leia e releia as palavras de Najwan Darwish, agora figuradas, também, como *nossas palavras*.

NADA MAIS A PERDER

بطاقة هُويّة

رَغْمَ أَنَّ الكرديَّ مَشْهورٌ بِقساوةِ الرّأس - كما يَتَنَدَّرُ الأَصدقاء - إِلّا أَنّني كُنْتُ أَرقَّ
مِنْ نَسْمةِ الصَّيف وأَنا أَحْتَضِنُ إِخوتي في أَربعِ جِهاتِ الأَرض
وكُنْتُ الأَرمنيَّ الذي لَمْ يُصَدِّق الدُّموع تحت أَجفانِ ثَلْجِ التّاريخ
وهي تُغطّي المَقتولينَ والقَتَلَة،
أَكثيرٌ بَعْدَ ما حَصَلَ أَنْ أُسْقِط مَخطوطةَ شِعْري في الوَحْل؟

وفي جميع الأَحوال كُنْتُ سوريّاً مِنْ بيت لحم أَرفعُ مخطوطةَ أَخي الأَرمنيّ
وتُركيّاً مِنْ قونية يَدخُلُ الآن مِنْ باب دمشق.
وقَبْلَ قليلٍ وصلتُ بيادِرَ "وادي السِّيْر" واستقبَلني النَّسيمُ الذي وحدَهُ يَعرِفُ معنى
أَنْ يأتيَ المَرْءُ مِنْ جِبال القَفْقاس مَصحوباً بكرامَتِه وعِظامِ أَهْلِه.
وحين وطِئتُ ترابَ الجزائر لأَوّل مرَّةٍ، لَمْ أَشُكَّ للحظةٍ
أَنّي لَسْتُ أَمازيغيّاً.
في كلِّ مكانٍ ذهبتُ إليه ظَنّوني عِراقيّاً
وكانَ ظنُّهم في مَكانِه.
وطالمَا حَسِبْتُ نَفْسِي مِصريّاً عاشَ وماتَ مِراراً
بجانبِ النّيل مع أَسلافِهِ الأَفارِقة.
وقَبْلَ كلِّ شيء كُنْتُ آراميّاً. ولا غَرْوَ أَنَّ أَخوالي على الأَقل مِنْ بيزَنْطَة وأَنّني
كُنْتُ الصَّبيَّ الحِجازيَّ الذي نَالَ حَلوى الدَّلال مِنْ صفرونيوس وعُمَر في فَتْحِ
بَيْتِ المَقْدِس.

لَيْسَ مِنْ مَكانٍ قاوَمَ غُزاتَهُ إِلّا وكُنْتُ مِنْ أَهْلِهِ،
وما مِنْ إِنسانٍ حُرّ لا تَجْمَعُني به قَرابَة،
وما مِنْ شَجَرةٍ أَو غَيمةٍ لَيْسَ لها أَفضالٌ عليّ.

Carteira de identidade

Apesar de os curdos — como brincam meus amigos — serem famosos por sua seriedade, eu era mais gentil que uma brisa de verão ao abraçar meus irmãos nos quatro cantos do mundo.

E eu era o armeno que não acreditava nas lágrimas sob as pálpebras da neve da história.

que cobrem ambos os assassinados e os assassinos.

É demais, depois de tudo que aconteceu, jogar minha poesia na lama?

Em todo caso fui um sírio de Belém erguendo as palavras do meu irmão armeno, e um turco de Cônia atravessando um portão de Damasco. E há pouco cheguei a Bayader Wadi Al-Seer e fui recebido pela brisa, a brisa que sabia o sentido de um homem vindo da Cordilheira do Cáucaso, tendo como únicos companheiros sua dignidade e os ossos de seus ancestrais.

E quando meu coração pisou pela primeira vez em solo argelino, não duvidei nem por um instante que eu era um amazigue.

Para toda parte que fui pensavam que eu era iraquiano, e eles não estavam errados quanto a isso.

Com frequência eu mesmo me considerava um egípcio vivendo e morrendo uma vez e outra no Nilo com meus antepassados africanos.

كما أَنَّ ازدرائي للصهاينة لَنْ يَمْنَعَني مِنَ القَول إنّني كُنْتُ يهوديّاً طُرِدَ مِنَ الأندلس، وما زِلْتُ أَنسِجُ المَعْنى مِنْ ضَوْءِ ذلك الغُروب.

في بيتي نافِذَةٌ مفتوحةٌ على اليونان وأَيقونةٌ تُشير إلى روسيا
ورائحةُ طِيبٍ أبديٍّ تَهُبُّ مِنَ الحِجاز
ومِرْآةٌ ما إنْ أَقِفُ أمامَها
إلّا وأَراني أَتَدَبَّرُ الرَّبيعَ في حدائق شيراز وأَصْفَهان وبُخارى.

وبأَقلَّ مِنْ هذا لا يَكونُ المَرْءُ عَرَبيّاً.

Mas antes de tudo eu era um arameu. Não é de se admirar que meus tios fossem bizantinos, e que eu fosse uma criança hijazi mimada por Omar e Sofrônio quando Jerusalém foi aberta.

Não há lugar que tenha resistido a seus invasores a não ser que eu fosse alguém de seu povo; não há homem livre com quem eu não tenha parentesco, e não há uma única árvore ou nuvem à qual eu não seja devedor. E meu desprezo por sionistas não vai evitar que eu diga que eu fui um judeu expulso de Andaluzia, e que eu ainda teço sentidos a partir da luz daquele sol se pondo.

Na minha casa há uma janela que se abre para a Grécia, um ídolo que aponta para a Rússia, uma essência doce sempre vindo de Hijaz, e um espelho: assim que me ponho diante dele, me vejo imerso na primavera dos jardins de Shiraz, de Isfahan e de Bucara.

E se alguém for qualquer coisa menos que isso, não é árabe.

Reserved

حاولتُ مَرّةً أنْ أَجلِسَ
على واحِدٍ مِن مَقاعِدِ الأَملِ الشّاغِرة
لكِنَّ كَلِمَةَ reserved
كانت تُقْعي هُناك كالضَّبع

(لَمْ أَجلس، ولَمْ يَجلِس أَحَد)

مقاعِدُ الأَمل دائماً محجوزة.

Reserved

Uma vez tentei me sentar
em um dos assentos vagos da esperança
mas a palavra “reserved”
me encarava como uma hiena

(Eu não me sentei, ninguém se sentou)

Os assentos da esperança estão sempre reservados.

لم يعد لنا ما نُضيِّعه

دَعي رأسكِ على صدري واسْمَعي
طَبَقاتِ الخرائب وراءَ "المَدرسة الصَّلاحيّة"
اسْمَعي البيوتَ المَبْقورَةَ في "لِفْتا"
اسْمَعي المَعْصَرةَ المَهدومةَ ودَرْسَ القراءة
في الطّابق الأرضيّ مِنَ المَسْجِدِ
اسْمَعي أَضواءَ الشُّرُفات
تُطفأُ لآخِرِ مَرَّةٍ
في أعالي "وادي الصَّليب"
اسْمَعي الحُشودَ تَجُرُّ أَقدامَها
اسْمَعيها وهي تَرْجِعُ
اسْمَعي الأَجسادَ تُرمى
وتَتَنَفَّسُ في قاعِ طبريّة
اسْمَعي كأَنّكِ سمكةٌ في بِرْكةٍ
يَحْرُسُها مَلاك
اسْمَعي سِيَرَ الفلّاحين "مُهَذَّبَةً" مِثْلَ الكوفيّات في القصائدِ
شكوى المُغنيات حين يَهْرَمْنَ ولا تَهْرَمُ أَصواتُهن
اسْمَعي
خُطى النَّصراويّات يَقْطَعْنَ المَرْج
واسْمَعي "الجَمّال" لا يَكُفُّ عَنْ تعذيبي
اسْمَعي اسْمَعي
ودَعينا نتذكَّرُ سَويّةً
ثُمَّ نَنْسى كُلَّ ما سَمِعْت.

Nada mais a perder

Ponha a cabeça no meu peito e escute
às camadas de ruínas
atrás da madraça de Saladin
ouça as casas soterradas
na aldeia de Lifta
ouça o moinho destruído, as lições e leituras
no primeiro piso da mesquita
ouça as luzes da varanda
saírem pela última vez
do alto do Vale da Cruz
ouça a multidão arrastando os pés
e ouça-a retornando
ouça os corpos sendo descartados, escute
a sua respiração no fundo
do Mar da Galileia
escute como um peixe
em um rio vigiado por um anjo
ouça os contos dos aldeões, bordados
como kufiyas nos poemas
ouça os cantores envelhecendo
ouça suas vozes atemporais
ouça as mulheres de Nazaré
enquanto cruzam os campos
ouça o cameleiro

دَعي صدركِ على رأسي
أَسْمَعُ التُّراب
أَسْمَعُ العُشْبَ يَشُقُّ التُّراب...

ضَيَّعْنا في الحُبِّ رأسينا
ولَمْ يَعُدْ لدينا ما نُضَيِّعُه.

que nunca para de me atormentar
ouça-o
e nos deixe, juntos, lembrar
então nos deixe, juntos, esquecer
tudo o que ouvimos
ponha sua cabeça no meu peito:
estou escutando a terra
estou escutando a grama
conforme passa pela minha pele...

Perdemos a cabeça no amor
e não temos nada mais a perder.

نوم في غزّة

سَأنامُ يا فادو مِثْلَما ينامُ النّاس والطّائراتُ تَضْرِبُ
والهواءُ يَتَمَزَّقُ كاللَّحم الحيّ
سَأحلُم إذن بالخيانات
مِثْلَما يَحْلُمُ الذينَ ينامونَ والطّائراتُ تَضْرِبُ

سَأستَيقِظُ في الظَّهيرة لأسأل الرّاديو - مِثْلَما يسأَلُ النّاس:
هَل توقّف القَصْفُ؟
وكم صارَ عَدَدُ الذينَ قُتِلوا؟

لكِنَّ مأساتي يا فادو أَنَّ النّاسَ نوعان:
الذينَ يُلقون عذاباتِهم وخطاياهُم على قوارِعِ الطُّرُق ليناموا،
والذينَ يَجْمَعون عذابات النّاس وخطاياهُم على هيئة صُلبان
ويسيرون بها في شوارع بابل وغزّة وبيروت، وهم يَصيحون:
هَل مِنْ مَزيدْ
هَل مِنْ مَزيدْ؟

قَبْلَ سَنتين كُنْتُ في شوارع "الضاحية الجنوبيّة" أَجُرُّ صَليباً بِحَجْمِ العمارات
لكِنْ،
مَنْ يَحْمِلُ اليومَ صليباً عَنْ ظَهْرٍ مُتْعَبٍ في أورشليم؟

الأَرضُ ثلاثةُ مسامير
والرَّحْمَةُ مِطْرَقة

Dormindo em Gaza

Fado, vou dormir como as pessoas dormem
quando bombas estão caindo
e o céu se rompe em carne viva.
Vou sonhar, então, como as pessoas sonham
quando bombas estão caindo:
vou sonhar com traições
vou acordar ao meio-dia e fazer à rádio
as perguntas que as pessoas fazem:
O bombardeio acabou?
Quantos foram mortos?

Mas minha tragédia, Fado,
é que há dois tipos de pessoas:
aquelas que jogam seus sofrimentos e pecados
nas ruas para que possam dormir
e aquelas que catam os sofrimentos e pecados das outras,
moldam-nos em cruzes e desfilam
pelas ruas de Babilônia e Gaza e Beirute
gritando sem parar
Há ainda mais por vir?
Há ainda mais por vir?

Há dois anos andei pelas ruas
de Dahieh, ao sul de Beirute

اضْرِب يا رب
اضْرِب مع الطّائرات

هَل مِنْ مَزيد؟

كانون الأوّل 2008

e carreguei uma cruz
tão grande quanto as casas destruídas.
Mas quem vai levantar hoje uma cruz
das costas de um homem exausto em Jerusalém?

A terra são três pregos
e a misericórdia um martelo:
ataque, Senhor,
ataque com os aviões

Há ainda mais por vir?

Dezembro, 2008

لا جدوى

لا جدوى مِنَ الهَرَب وإيصاد الأَبواب
والسَّكنِ في عمائرَ مِنَ المُستحيل أَنْ يَعْرِفنا فيها أَحَد
لا جدوى
حتّى لو سارَعْتَ بالقَفْزِ إلى هاوية العَدَم
فالتّاريخ
سيُمْسِكُ بِاسْمِك.

Não adianta

Não adianta se esconder e trancar as portas
mudar-nos para onde ninguém nos conhecesse
também não adianta
mesmo que você se lance do precipício
em direção ao abismo
a história
ainda vai se agarrar ao seu nome.

آخر جملتين

آخرُ جُملَتين قَبْلَ أنْ تَهْوي
لَيْسَ شَغَفاً بِتَرْكِ مَعْنى
لَيْسَ وَداعاً
لَيْسَ أَمَلاً
إنّهما فَحَسْب جُملتان ضروريَّتان لكي تَهْوي.

As duas últimas frases

As duas últimas frases antes de você cair
não exprimem o desejo
de deixar pra trás algum significado
elas não são nem um adeus
nem uma expressão de esperança
elas são simplesmente necessárias
para a sua queda.

بلا نصيحةٍ واحدة

غداً بِلا نصيحةٍ واحِدة
يَسْتيقظُ أَبناؤنا
أُولئكَ ناجو المُسْتقبَلِ
بأَعاجيبِ الخالِقِ نَجَوا مِنْ نَصائحِنا.

Sem qualquer orientação

Amanhã nossos filhos vão acordar
sem qualquer orientação
eles são os sobreviventes do futuro:
por algum milagre do Criador
eles sobreviveram
a todas as tentativas de orientá-los.

إليهم

قولي لي مَنْ ذلك النَّمِرُ الصَّغيرُ
وكيفَ كانَ يَثِبُ في الهواء
وهم يُطارِدونه مِنَ المُصْرارَة إلى الشَّيخ جَرّاح.

وقولي لي مَنْ ذلك الشَّهْمُ النَّحيل
الذي تَكالبتْ عليه دوريّةٌ كاملة على "حاجز قَلَنديا"
دون أَنْ يَستطيعوا صَرْعَهُ على الأَرض.

ومَنْ تِلْكَ البِنْتُ
التي وَقَفَتْ أَمام الجَرّافة التي سَوَّتها بالتُّراب
مِثْلَ شجرةِ لَوْزٍ في آذار.

قولي للذينَ يَقولون إنّنا هُزمنا!

Conte

Conte-me quem é esse jovem leão
e como ele saltava pelo ar
enquanto o caçavam
de Musrara a Sheikh Jarrah.

Conte-me sobre aquele homem magro e bravo
e como um esquadrão inteiro o atacou
no posto de controle de Qalandia
mesmo sem conseguir abatê-lo.

Conte-me sobre aquela garota que se manteve firme
enquanto o buldôzer a esmagava
como uma amendoeira em março.

Conte isso àqueles
que dizem que fomos derrotados!

في الجحيم

I

في ثلاثينات القَرْنِ المَاضي
خَطَرَ للنازيّين أَنْ يَضَعوا ضحاياهُم في غُرَفِ الغاز
نازيّو اليوم أَفْضَلُ حِرْفةً
يَضَعونَ غُرَفَ الغازِ في ضحاياهُم.

II

إلى الجحيم يا 2010
إلى الجحيم أيُّها المُحتلّون
أَنتُم وجميعُ سُلالاتِكُم
إلى الجحيم
فليذهب الإنسان إذا كانَ على شاكِلَتِكُم
إلى الجحيم
فلتذهب السُّفنُ والطّائراتُ والبنوكُ
وإعلاناتُ الشَّوارع

أَصرُخُ "إلى الجحيم..."
وأَعْرِفُ أَنّني الوحيدُ الذي يَقْبَعُ الآنَ هُناك.

No inferno

I

Nos anos 30
ocorreu aos nazistas
colocar suas vítimas em câmaras de gás
os algozes de hoje são mais profissionais:
eles colocam as câmaras de gás
nas suas vítimas.

II

Para o inferno, 2010
Para o inferno, seus ocupantes,
vocês e toda a sua prole
E que toda a humanidade vá para o inferno
se for como vocês
Que os barcos e aviões,
os bancos e os painéis todos vão para o inferno
Eu grito, "para o inferno..."
Sabendo muito bem que
Sou o único
Que vive lá.

III

فلأَضطَجِع
ولأُوَسِّد رأَسي بِمِخَدّاتِ الجحيم!

III

Então, deixe-me deitar
e descansar minha cabeça nos travesseiros do inferno.

ربّة عمّون

البارحة أَحرقتُ سَعَفَ البِشارة
ورفعتُ مدائحي لليأس
فالأعورُ الدَّجّال
نَفْسُهُ
لا يُفَكِّرُ بالمَجيء إِلى هذا المَكان.

Amã

Ontem queimei o Evangelho
e deitei minhas preces ao desespero —
que nem mesmo o Diabo
sonharia
em vir a esse lugar.

مستيقظٌ

مُسْتيقِظٌ في أَكثرَ مِنْ أَبَدٍ
وقَبْلَ الأَزل مُسْتيقِظٌ
يَقْظَتي هي المَوجُ يُرغي ويُزْبِدُ
مُسْتيقِظٌ في التَّراتيلِ وفي شَغَفِ سُعاةِ البَريد
مُسْتيقِظٌ في بَيْتٍ سَيُهْدَمُ
وَقَبْرٍ سَيُجرَفُ
وبِلادٍ هي المَوجُ تُرغي وتُزْبِدُ
مُسْتيقِظٌ كي يَنامَ النّاس
مُسْتيقِظٌ كي يَرْحَلَ المُستَعْمِرون
"لا بُدَّ مِنْ ضَجْعَةٍ" - يقولون.
مُسْتيقِظٌ
وجاهِزٌ لكي أَموت.

Desperto

Desperto por mais que para sempre
e desde antes da eternidade
meu despertar é a onda que espuma e escuma

Desperto nos cantos e na paixão dos carteiros
desperto em uma casa que será destruída
em um túmulo que máquinas irão escavar:
meu país é a onda que espuma e escuma

Desperto para que os colonizadores partam
desperto para que as pessoas possam dormir
"Todo mundo precisa dormir algum dia", eles dizem
estou desperto
e pronto para morrer.

ولد مِنْ حيفا يُرَنْدِحُ كلمة

سَأُعيدُها
بالسَّرْوِ والزّانِ وأَضواءِ المِيناء في الفَجْر
سَأُعيدُها
موسماً بَعْدَ جَميعِ الفُصول ويوماً خارجَ الزَّمن
سَأُعيدُها
أُقسم بهذا الغَيْم - أَيُّها المُشَرَّدون مِثْلَهُ
سَأُعيدُها
أَيُّها الرّاجِعونَ مِثْلَهُ بَعْدَ هذا اللّيل

وإنْ لَمْ أَستَطِع
واحِدٌ مِنْكُم
سَيُكْمِل هذا الوَعْد.

Um garoto de Haifa gira a palavra

Vou trazer-te de volta
com o cipreste e a faia
e as luzes do porto ao amanhecer
Vou trazer-te de volta
em um dia fora do tempo, em uma estação
para além de todas as estações
Vou trazer-te de volta
juro por essas nuvens
exilados como tu
Vou trazer-te de volta —
tu que retornas como as nuvens
após a escuridão

E se eu não for capaz
então um de vocês
fará essa promessa outra vez.

فوبيا

سَيَطرُدونني مِنَ المَدينة قَبْلَ هُبوطِ اللّيل
يقولون إنّي لَمْ أَدفع لهم فاتورةَ الهواء
ولَمْ أَدْفَع أُجرةَ الضَّوء.
سَيَطرُدونني مِنَ المَدينة قَبْلَ حُلولِ المَساء
يقولون إنّي لَمْ أَدفع أُجرةَ الشَّمس
ولا مُستحقّات الغُيوم.
سَيَطرُدونني مِنَ المَدينة قَبْلَ شروق الشَّمس
لأنّني أَمْعَنْتُ في مُناكفة اللّيل ولَمْ أَرْفَع مَدائحي للنُجوم
سَيَطرُدونني مِنَ المَدينة قَبْلَ نزولي مِنَ الرَّحِم
لأنّي ظَلَلْتُ طِوال سَبْعةِ أَشهرٍ أَترَبَّصُ بالوجود
وأَكتُبُ الشِّعر
سَيَطرُدونني مِنَ الوجود لأَنّني مُنْحازٌ إلى العَدَم
وسَيَطرُدونني مِنَ العَدَم
لأَنّني على صِلَةٍ مشبوهةٍ بالوجود
سَيَطرُدونني مِنَ الوجودِ والعَدَم لأَنّني وليدُ الصَّيرورة

سَيَطرُدونني.

Fobia

Serei banido da cidade
antes do anoitecer: vão dizer
que deixei de pagar pelo ar
Serei banido da cidade
antes do advento da noite: vão dizer
que não paguei o preço pelo sol
ou qualquer taxa pelas nuvens
Serei banido da cidade
antes do amanhecer: vão dizer
que dei desgosto à noite
e deixei de erguer minhas preces às estrelas
Serei banido da cidade
antes mesmo de deixar o ventre
porque tudo o que fiz por sete meses
foi escrever poemas e esperar para ser
Serei banido do ser
porque sou parcial em relação ao nada
Serei banido do nada
por meus supostos laços com o ser
Serei banido tanto do ser quanto do nada
porque nasci do tornar-me

Serei banido.

شولوميت

كانَ بِوِدّي أَنْ أَرْبِضَ لشُولوميت بِسَوسَنِ الأَوديةِ ونرجسِ التِّلالِ
وما لا أَعْرِفُ مِنْ أَسماءِ الزُّهور
غيرَ مُكترثٍ بِعِتابِ بَني أُمّي أَو بِلَوْمِ بَناتِ صهيون.

لكِنَّ الطّائرات
خَرَجَتْ مِنَ الكِتاب المُقدَّسِ لتُمَزِّقَ عائلةً على شاطئِ البَحْر...

أَين تَرْبِضُ عِنْدَ الظَّهيرةِ
في أَيِّ مُستوطَنةٍ تنامُ يا قاتلَ شُولوميت؟

Sulamita

Teria gostado de me deitar
e esperar por Sulamita
com os lírios-do-vale
os narcisos dos montes
e todas as outras flores
cujos nomes não sei
indiferentes à reprovação
dos filhos da minha mãe
ou à culpa
das filhas de Sião.

Mas os aviões voaram da Bíblia Sagrada
para dilacerar uma família
à beira-mar...

Onde você se deita ao meio-dia?
Em que assentamento você dorme
você que matou Sulamita?

السّاعة الأُولى

"قَدٌّ" مِنْ حَلَب أَم مُوَشَّحٌ مِنَ الأندلس
أَم "عَتَابا" مِنْ قريةٍ مُهجَّرة
هي ما سيعودُ المَريضَ في السّاعةِ الأُولى مِنَ السَّنةِ الجديدة؟

هذه حيفا؛ مَرَحُ يَدَي الإله في الطّين...
لا تَقُل لها وداعاً
أَنتَ مَنْ يَسْتَعيدُها الآنَ
وكُلَّ أَوان ...
آمين.

Na primeira hora

Uma canção de Alepo
ou um poema da Andaluzia
ou a melodia de uma aldeia
cujas pessoas foram expulsas:
qual desses visitará o doente
na primeira hora do ano novo?

Isto é Haifa, o júbilo
das mãos de Deus em barro...
Não diga adeus a ela —
é você quem vai trazê-la de volta
agora
e sempre
amém.

اللّيلة حلمتُ بأنّكِ مُتِّ

اللّيلة حَلُمْتُ بأَنّكِ مُتِّ
قال الجيران إِنّهم طَرقوا بابَكِ في الخامسة والنِّصف
وحين لَمْ تَفْتحي اتصلوا بالشُّرطة - الشُّرطة الإسرائيلية التي جاءت وخَلَعَت الباب.

بيتكِ في الحُلم كانَ واطئاً وقصيراً:
كأَنّكِ لَسْتِ مِنَ الأَضلاعِ النَّبويّة
كأَنَّ الخيلَ لَمْ تَصْهَل عِنْدَ خُروجِكِ الأَولِ مِنَ البيت وأَنتِ في القِماط
كأَنَّ لَثْغَكِ الأَوّلَ لَمْ يَكُن حروفاً مِنَ الذهب
كأَنَّ مَشْيَكِ الأَوّلَ لَمْ يَكُن خَلْقاً جديداً...

انكسرتُ في الحُلم، صرتُ شظايا لا تُحصى
ولَمْ يَكُن هُناك أَحَدٌ يَلُمُّني.

صرتُ أُعاركُ نِصالَ "لَوْ" بيدين عاريتين:
لَوْ لَمْ أَنشغِل بتُرَّهاتٍ ومشاغِلَ ومعارِكَ وَهْميّةٍ
لو أَنّني مَيَّلْتُ على بيتها في ذلك الأَحَدِ الشّاحِبِ...
(لقد خسرتُ زيارتكِ الأَخيرةَ وإغلاق بابِك على نَفْسِك).

أَكَلَني النَّدم مِثْلَما تأكلُ النّارُ ألفَ هِكتارٍ مِنْ سَنابلِ القَمْحِ عِنْدَ نُضوجِها.

كُنْتُ أَعرِفُ في الحُلم، أَنَّ هذه النِّهاية المُهينة هي استكمالٌ لتاريخٍ مِنَ الإهانة... منذ أَنْ تَعلَّم أَجدادُنا اللُّغةَ التركية إِلى تَعَلُّمِنا لغةَ العِبْريّين وتَجْوالِنا عُراةً في "أَسواقِهم"

Essa noite sonhei que você tinha morrido

Os vizinhos disseram que bateram à sua porta às
cinco e trinta, e como você não atendeu eles chamaram a polícia
(a polícia israelense, que chegou e derrubou sua porta).

No sonho, sua casa era pequena e baixa,
como se você não tivesse saído
das costelas de um profeta,
como se os cavalos não tivessem relinchado
quando você deixou a casa pela primeira vez, ainda
um bebê no berço apenas,
como se os seus primeiros sons
não fossem inesquecíveis,
como se o seu primeiro passo
não fosse uma nova criação...

Eu invadi o sonho, me tornei
fragmentos incontáveis, e não havia
ninguém lá para me recolher.
Com as próprias mãos eu declarei guerra
com as armas do e se?
E se eu não tivesse passado meu tempo
em ninharias e missões,
em batalhas imaginárias?
E se eu não tivesse parado na sua casa

كانَ العارُ يُنَقِّطُ من شَجَرِ الصَّنوبَر ونحنُ نبحثُ
عَنْ جثمانكِ الذي لا نَعْرِفُ أَينَ عَلَّنا نَجِدُه...
كُنّا نبحثُ غَيْرَ مُصَدِّقين -رَغْمَ عِلْمِنا-
أَنَّ الشُّرطة الإسرائيلية التي كَسَرَتِ الباب قد أَخَذَتْه!

naquele domingo sem vida?
(Não estava lá para sua última visita
e não estava lá
quando você fechou a porta em si mesmo.)

O arrependimento me devorou como o fogo
devora milhares de hectares
de grãos maduros.

No sonho eu sabia que esse final deplorável era
a culminância de uma história inteira de desgraça...
Dos dias distantes quando nossos antepassados
aprenderam turco
até os tempos em que aprendemos a língua dos hebreus
e vagamos nus pelos mercados.

A vergonha pingava dos pinheiros enquanto buscávamos
seu corpo em vão. E continuamos olhando, recusando-nos
a acreditar (embora soubéssemos muito bem)
que a polícia israelense que derrubou sua porta
já o tinha levado.

صهيون

في بالي قصيدةٌ صغيرة عَنْ صهيون
جَبَلي الصَّغير
(عاثِر الحظّ بَيْنَ تِلال القُدس)
الغافي على مِخَدَّة مِنَ الدَّمْع
النّائم - إلى الأَبد - في النَّدَم

وإنْ حَدَثَ ولَمْ أَكتُبها
يكونُ "الصهاينة" وقتَها قد نَجَحوا بِقَتْلي.

Sião

Em minha cabeça há um poema sobre Sião —
aquela minha pequena montanha
a desafortunada entre os morros de Jerusalém
a que cochila em um travesseiro de lágrimas
dormindo em arrependimento para sempre

E se eu não o escrever
então os “sionistas”
terão vencido.

أم شارل

أُمّي وأُم شارل بودلير
تسهران اللّيلةَ مِثْلَ قريبتين في مأتَم.
تقول لها أُمّي: "شايفة شو سَوّا الشّعر بولادنا؟
كان ما أحلاه نجوان وهو صْغير"
لكِنَّ أُم شارل تبقى صامِتة
مِثْلَ آخِرِ شَوكةٍ في حديقة الشَّر.

A mãe de Charles

Minha mãe e a mãe de Baudeleire
ficam acordadas à noite
como dois familiares em um funeral.
Minha mãe pergunta
Você viu o que a poesia fez com nossos meninos?
Najwan era tão doce quando criança.
Mas a mãe de Charles permanece em silêncio
como o último espinho no Jardim do Mal.

مرافعة أمام التّاريخ

رَغْمَ لا جدوى ما يقومون به، أُولَئِك المُحامون
المُسنّون، المُستَميتونَ في الدِّفاع عَنْ
قضيّتنا المَيؤوس مِنْها تماماً...
رَغْمَ أَنَّ كلامَهم باتَ غير مفهومٍ في المَحافِلِ
لا يَسُرُّ النِّساءَ ولا يُرضي القَناصلَ.
رَغْمَ غِيابهِم المُتواصِلِ عَنِ الواقع الذي ما انفكَّ يَقْلِبُ ظَهْرَ المِجَنِّ لأَحلامِهِم.
رَغْمَ ضَجَرِنا وتَبرُّمِنا المُتواصِل مِنْ خُطَبِهم القصيرةِ
المُتقطِّعةِ التي تُشْبِه أنفاسَ
بَحْرٍ يَغْرَق في اليابسة...

رَغْمَ كُلِّ ذلك
فإِنَّ عليَّ أَنْ أَقولَ كَلِمةً مَسمومةً بالأَمَل في
مَحْفِل اليائسين هذا
(الذينَ سَيرفعون الآن حواجبَهم عَجباً):
-إِنَّ هؤلاء المُسِنِّين غَسَلوا أَيديهم مِنَ الواقع

Suplicando diante da história

Apesar da futilidade de seu compromisso,
esses advogados idosos
ainda estão se esforçando para defender nossa causa, que é
absolutamente impossível
Apesar de suas palavras ainda não serem entendidas nas
salas de reuniões,
palavras que não alegram às mulheres
ou agradam aos cônsules
apesar da sua prolongada ausência da realidade
que continua virando as costas para seus sonhos,
apesar de nosso descontentamento contínuo,
nosso cansaço em relação a seus discursos esporádicos
curtos que parecem como mares
afogando a terra seca...

Apesar de tudo isso
é minha tarefa dizer algumas palavras envenenadas
de esperança, aqui nessa reunião de desespero

(e todos os que estão presentes vão levantar
as sobrancelhas com espanto):
Esses idosos lavaram suas mãos da realidade
(a realidade que parece ser nosso caso, nossa "questão",
impossível diante da história).

(الواقع الذي تبدو "قضيّتُنا" ميؤوساً مِنْها إزاءَه)
أَمّا التّاريخ فاليَأسُ مَجالُهُ الحَيويّ، وقد أَدركَ المُسِنّون ذلك؛

وهاهُم يَتَرافَعونَ أمامَ التّاريخ!

e para a história, o desespero é seu espaço vital
— os idosos sabem disso.

Embora estejam aqui eles ainda suplicam diante dela...

بين بابين

في الطّريق بَيْنَ البابِ المَكتوب عليه "جهنّم"
والبابِ المَكتوب عليه "الجنّة"
يَمْكثُ خَلْقٌ كثيرون لا يُعذّبهم أَحَدٌ
ولا يُكرِم وِفادَتهم أَحَد
ومِنْ غير المُمكِن وَصْفُ زَرِيّ حالِهم.
كُنْتُ هُناك في نَفَرٍ يَتَسَكّعُ بَيْنَ البابَيْن.
وسَمِعْنا تَفسيراتٍ لا تُحصى بشأن هؤلاء.
لكِنّي قَصَدْتُ مَذهباً آخَرَ، أَجْفَلَ له المَلائكةُ المُسِنّون:
ـ هؤلاء الذينَ "أُخرجوا مِنْ ديارهم" وقَبِلوا أَلّا يَعودوا إِليها.

Entre duas portas

Entre a porta em que está escrito “Inferno”
e a porta com a inscrição “Paraíso”
há muitos que não são nem torturados nem acolhidos:
seu estado deplorável é indescritível

Eu estava lá,
em um grupo vagueando entre as portas
que ouvia incontáveis comentários sobre sua condição

Mas eu tinha outro pensamento
eu achava que os anjos anciões
surgiam no medo:
aqueles são “os que foram expulsos de suas terras”
que se conformaram
a nunca mais voltar.

سيكون العالم طيّباً

يا بُنيّ إنّني نائمٌ في قاعِ النَّهرِ ومُصْغٍ لكَ
وأنتَ تَعْبُر الجِسْر
مِنْ أَجْلِكَ أيضاً أَنامُ في اللُّغة
وكُلَّما تَكَلَّمْتَ أيقَظْتَني
سَيَكونُ العالَمُ طَيِّباً
ولا شيءَ سِوى الحُبِّ الذي أورَثْتُك إيّاه
سَيُثْقِلُ كَتِفَك
قاسِمْهُ و"قَسِّم نَفْسَكَ في جُسومٍ كثيرة"
مِثْلَ عُرْوة بن الوَرْد
(أنتَ أَيضاً لا أَبَ لك سِوى الوَرْد).

*

يا بُنيّ كانت مُدُناً مُسَنَّنَةً
وكانَ هذا كُلُّه سخيفاً
تعالَ نَذْهَب إلى الغابةِ
اِقْفِزْ على كَتِفي وتَعالَ نَرجِعُ إلى أَصْلِنا
تَعالَ نَضْحَك
ونَغْسِل هذه الأنهار بالقَهْقَهات
في الغابةِ لا أَحَدَ سيُحاسِبُنا
على هذا الضَّحِك.

O mundo será bom

Meu filho, estou dormindo no leito do rio
e ouvindo você
atravessar a ponte
é por sua causa também
que durmo na linguagem:
suas palavras nunca falham
em me acordar
o mundo será bom:
não haverá nada senão o amor
que deixei pra você como sua herança
para pesar sobre seus ombros
então compartilhe esse amor
"divida-se em muitos corpos"
assim como Urwa Ibn al-Ward, o filho da rosa
(você também não tem pai senão a rosa).

*

Meu filho, as cidades foram recortadas
e tudo isso foi tão absurdo
vamos retornar à floresta
suba nos meus ombros
e vamos para casa
venha e ria comigo

*

يا بُنيّ افتَقَدْتُكَ عَشِيَّةَ العيدِ الكبير
كُنْتَ ستُحِبُّ هذه القَناديل
وهي تَتَمايَلُ في المَدائحِ النَّبويِّةِ
كُنْتُ سَأَستَيْقِظُ فَجْراً
لنَسْمَعَ التَّواشيح
أَمِنْ خَوْفٍ؟ أَمِنْ فَرَحٍ تَشُدُّ على يدي؟
لا تَقْلَق، لَنْ نَضيعَ هُنا...

استَيْقَظْتُ مُبَكِّراً مِنْ أَجْلِك
وتَصالحتُ مع العيد.

*

مِنْ وراءِ السَّنوات
مِنْ وراءِ البُلدانِ وما تُخبِّئهُ الخرائطُ
أَحرُسُكَ
وتَحْرُسُني

أَنا نائمٌ في قاعِ النَّهر ومُصْغٍ
لكَ وأَنتَ تَعْبُر.

vamos limpar esse rio com o nosso som:
na floresta ninguém vai nos julgar
pela risada que damos.

*

Meu filho, senti sua falta na noite
do Eid al-Adha, a grande festa
você teria amado os lampiões
balançando ante os louvores do Profeta

Eu teria acordado de madrugada
para escutar os hinos
é o medo ou a alegria
que faz com que você puxe minha mão dessa forma?
não se preocupe
não nos perderemos aqui...
por sua causa acordei cedo
e fiz as pazes
com o festival.

*

Para além dos anos
para além dos países e de tudo que os mapas ocultam
eu te guardo
e você me guarda

Estou dormindo no leito do rio e ouvindo
você atravessar.

فَبْرَكَة

القِصّة كُلُّها مُفَبْرَكَة.
أَبداً لَمْ أُصدِّق لُعبةَ أَنّكِ ذُبِحْتِ وأَنَّ دماءكِ سالتْ حتّى وصلت البَحْرَ المُتوسِّط وأَنَّ البَحْرَ شَرِبَكِ. واثقٌ أَنَّ القصّة كُلُّها مُفَبْرَكَة: مريم كيرشِنباوم وشلومو غانور "الجزيرة" و"الحُرّة" و"العربية". اشطب الواو:
الجزيرة العربية الحُرّة
مريم كيرشِنباوم وشلومو غانور
واثقٌ أَيضاً أَنّها مُفَبْرَكَة
الفواتيرُ التي لا أَعْرِفُ مَنْ يَضَعُها في صناديقي
اسمُ العائلة في ثلاث لغات. كُلُّها مُفَبْرَكَة.
هذه المَرأة التي تُحِبُّني في البريد الإلكتروني
حيفا أَيضاً مُفَبْرَكَة، ولهذا لا أَنزِلُ إلى الشّارع
وأَكتفي بالنَّظر إِلى البَحْر بِشَكْلٍ جانِبيّ مِنَ النّافذة.

صَداقتُنا لَمْ تَكُن في حِسابِ أَحَد، لَمْ يَتْعَب أَحَدٌ في فَبْرَكَتِها ولهذا بقيت حقيقية. آه نسيت، الحقائقُ كُلُّها مُفَبْرَكَة. ولهذا استمتعتُ أَمس في مشاطَرَتِكُم العَرَقَ والتُّفاح والمُكسَّرات وأَشياءَ أُخرى.

لا شيَء يَضْغَطُني، ولا أَتمزّقُ عِنْدَ النَّظرِ إِلى بِلادنا التي سَرقوها. فالسَّرقة أَيضاً مُفَبْرَكَة. الحواجزُ أَيضاً مُفَبْرَكَة والجنودُ أَيضاً أطفالٌ يبولون على أَنفُسِهم. وعجائزُ الرّومِ الأُرثوذوكس اللواتي يَعْبُرنَ "حاجز بيت لحم" هذا الصَّباح مُفَبْرَكات "بسم الصَّليب" تقولها بشكل مُفَبْرَك. الجمعةُ الحزينةُ مُفَبْرَكَة والأَلحانُ البيزنطيةُ في كنيسة المَوارنة في النّاصرة مُفَبْرَكَة. أَعدائي مُفَبْرَكون وأَقاربي قِمّة في الفَبْرَكة.

Fabricação

A coisa toda é fabricada. Nunca acreditei na história que diz que você foi assassinado, e que seu sangue se derramou até o Mediterrâneo para no fim ser consumido pelo mar. Tenho certeza de que a coisa toda é fabricada. Merriam Kershenbaum e Shlomo Ganor todas as noites às 19:30.

Al-Hurra, "o livre" [Satellite Channel], Al-Arabiyya, "o Árabe", e Al-Jazeera, "a Península". Juntando tudo: "a Península Árabe Livre". Merriam Kershenbaum e Shlomo Ganor. Tenho certeza de que também são fabricados.

As cartas são deixadas no meu correio por uma pessoa que não conheço. O nome da minha família em três línguas diferentes. Eles, também, são fabricados. Essa mulher que me ama pelo e-mail.

Haifa, também, é fabricada. É por isso que nunca desço a rua, e que sempre olho pro mar de um ângulo perpendicular. Nossa amizade não era da conta de ninguém. Ninguém perdeu tempo para fabricá-la; e, portanto, permaneceu verdadeira. Ah, esqueci, todas as verdades são fabricadas. E por isso adorava compartilhar contigo araques, maçãs, castanhas e outras coisas.

Nada me pressiona. E, assim, não me desespero quando vejo nossa terra assaltada. O roubo foi fabricado, checkpoints são fabricados, e os soldados são um bando de crianças que

الجحيمُ مُفَبْرَكَة لكِنَّ الجنَّةَ مُفَبْرَكة بلؤمٍ ومَهارةٍ أكبر.
(اللّعنة، هَل صوت فيروز هو الآخَر مُفبْرَك؟)

لا كوابيسَ تُطاردني، هذه كوابيس مُفَبْرَكة. لا أُعاني مِنْ خَلَلٍ في ساعتي البيولوجيّة، لَيْسَ لي خصومةٌ قديمةٌ مع الشَّمس، لا أُعاني مِنْ طِباعي المَوروثة... كُلُّ هذه مُسَمَّيات مُفَبْرَكة.

أنا مُفَبْرَك. لَيْسَ لأنّي أنا، بل لأنَّ جميعَ الضّمائر مُفَبْرَكة.

أنا لا أكرهُ الجواسيس. انظروا كيف أَسْمَعُ سَماجات مُذيعيهِم دونَ أَنْ أتقيّأ.

أنا لا أَخاف مِنْ ساعةِ المُنبِّه ولا مِنَ الإيدز والسِّلاح النَّووي. لَيْسَ لديّ رُهابُ جَرَسِ الباب ورَنَّة التّلفون.
لَنْ يَنتهي العالَمُ غداً... هذه كُلُّها أخبار مُفَبْرَكة.

تعبتُ مِنْ رومنطيقية القرن الواحِد والعشرين، رومنطيقية مَمْزوجة بخراء مُستهلِكين مِنْ جميع الطَّبقات.
إنْ أَردتَ أَنْ تعيش لا بُدَّ أَنْ تَتَلطَّخ. هذه أَيضاً نظرية مُفَبْرَكة.

هَلِّلوا وافرحوا، صناديقُ الهزيمة- المُكَدَّسَة تحت أَسِرَّةِ أَجدادِكُم- مُفَبْرَكة.
وأَنتم تَنْتَحِبون طِوال هذه السَّنوات على ضَياعِ بِلادِكُم. وَلْكُم (وَيْلٌ لَكُم بالعربية الفصحى) الضَّياع مُفَبْرَك. كِذْبة كبيرة أَلَّفَها سُرَّاقُ وجودِكم: مريم كيرشنباوم شلومو غانور
العربية الحُرّة الجزيرة
وذلك الأَبرص الذي يُمْسِكُ بالرِّيموت كونترول.

ainda fazem xixi nas calças. As senhoras gregas ortodoxas cruzando o checkpoint de Belém nesta manhã são, também, fabricadas. "Em nome da cruz!" é dito de maneira fabricada. A Sexta-feira Santa é fabricada. As melodias bizantinas na igreja maronita em Nazaré são fabricadas. Meus inimigos são fabricados, e meus parentes são o epítome da fabricação. O Inferno é fabricado, e o Paraíso é fabricado com destreza e maldade ainda maiores (droga! A voz de Fairouz também é fabricada?).

Nenhum pesadelo me atormenta, uma vez que pesadelos são fabricados. Não sofro de qualquer desordem em meu relógio biológico. Não tenho qualquer inimizade em relação ao sol, não sofro por minha natureza herdada. Todos esses rótulos são fabricados.

Eu, também, sou fabricado. Não por ser quem eu sou, mas porque todos os pronomes são fabricados. Eu não odeio colaboradores; vê como escuto seus novos comentaristas sem vomitar?

Não tenho medo do despertador, nem mesmo da AIDS ou de armas nucleares. Não tenho fobia de campainha nem de toque de telefone. O mundo não vai acabar amanhã. Tudo isso é notícia fabricada.

Estou cansado do romantismo do século XXI: romance misturado com o lixo dos consumidores de todas as classes. Se você quer viver, você também deve ser sujo. Essa teoria também é fabricada.

Regozije-se e alegre-se! As caixas cheias de derrotas entulhadas sob as camas dos seus avós são fabricadas. E você

الصَّراصيرُ والجواسيسُ كائناتٌ وديعة،
انظروا لدماثة هذا،
ورقّة بشاعةِ وَجْهِ ذاك
أفكارُنا النَّمطيّة عَنْ وضاعَتِهِم مُفَبْرَكة.

ثمّة رجالٌ وقورون يَجْلِسون في الصّالون ويَستمِعون لـ"صوت اسرائيل". ثمّة نساءٌ محترَمات يَصْنَعْنَ التَّبّولة ويُفكِّرن بالمُسْتَقْبَل بَعْدَ دَفْنِ كرامَتِنا العُموميّة.
لا تَقْلَقوا هؤلاء جميعاً مُفَبْرَكون.

لا نستطيعُ أَنْ نَحْتَرِمَ بِضْعَ شَجراتٍ أَمامَ بُيوتنا وأَنْ نَتْرَك الجِبال لِمَنْ نَصَبوا الشِّباك في قَيْلولَتِنا.

في 22/4/ 1948 سَقَطتْ حيفا، هذا تاريخ مُفَبْرَك.
في 8/12/1917 رَفَعَ بِضْعُ أَفَنْدِيّات رايةً بيضاء
والتُقِطَت لهم صورة وهم يُسَلِّمون القُدس. هذا حَدَثَ فعلاً لكِنَّ الصّورة مُفَبْرَكة، فبإمكانك، في أَيّ وقت، أَنْ تَجْمَعَ بِضْعَ أَفَنْدِيّات، وأَنْ تَطْلُب مِنْهُم أَنْ يرفعوا رايةً بيضاء، وأنْ يَمْشوا بها إِلى بابِ الخَليل لالتقاط صورة.

السّاعة 11:30 ظهراً في الأَول مِنْ نيسان 2010. كُلّ النّاس ناموا واستيقظوا وأَنا بَعْدُ مُستَيقِظ. المِخَدّات مُفَبْرَكة. سَأَذهب بَعْدَ أُسبوعين إِلى بيروت، الفيزا عَقَبَة كَأُداء مُفَبْرَكة. يا سيِّدة لبنان صَلّي لأَجلِنا (نحنُ نَعْرِفُ أَنَّ صلاتك مُفَبْرَكة).

بَعْدَ قليلٍ أَنام، فصديقتي الشَّعْنونَة ستركَب الباص وتجيء مِنَ النّاصرة. الكلمات العِبْريّة تتطايرُ مِنْ حَوْلِها كالذُّباب لأَنّها تُفَكِّر أَنَّ لغةَ الأَعداء جُثّة، فأَقول لها: هذه أيديولوجيا مُفَبْرَكة.
لغةُ الأَعداء رجل آلي بِلا ذكورة ولا أُنوثة. فتضحك ضحْكةً شَعْنونةً مُفَبْرَكة.

tem se lamentado todos esses anos por ter perdido sua terra natal. Cara! (Uau! Como se diz de modo mais clássico.) A perda é fabricada. Uma grande mentira forjada pelos ladrões da sua existência.

Merriam Kershenbaum, Shlomo Ganor, Al-Arabiyya, Al-Hurra, Al-Jazeera e aquele leproso que segura o controle remoto.

Baratas e colaboradores são criaturas boas. Veja como esse aqui é gentil, e quão doce é a feiura no rosto daquele. Nossas ideias estereotipadas sobre seu mau gosto são fabricadas.

Um grupo de homens sedados está na sala escutando à "Voz de Israel". Um grupo de mulheres respeitáveis prepara tabule e pensa no futuro após enterrar nossa dignidade pública. Não se preocupe, tudo isso é fabricado.

Não somos capazes de respeitar algumas árvores em frente a nossas casas, deixando as montanhas para aqueles que armam as redes em nossos cochilos.

No dia 22 de abril de 1948, Haifa se rendeu. A data é fabricada. No dia 8 de dezembro de 1917, alguns efêndis levaram sua bandeira branca e uma foto foi tirada enquanto eles rendiam Jerusalém. O evento realmente aconteceu, mas a foto é fabricada. Você pode, a qualquer tempo, juntar alguns efêndis e pedir para que levem uma bandeira branca e marchem com ela até o Portão de Jafa para tirar uma foto.

São 11:30, quase metade do dia, em primeiro de abril de 2010. Todos dormiram e acordaram, e eu sigo de pé. Travesseiros são fabricados. Em duas semanas viajarei para Beirute. O

نَفْقَعُ مِنَ الضَّحِك، لَنْ نموت أَيُّها الرَّب. نحنُ نَرْكَضُ في الأَبديّة وصَنادِلُنا تُطَرْطِق.

الأَبديّةُ مُفبْرَكة. كُلُّ ما سَبَقَ كانَ فَبْرَكَة وكُلُّ ما سيجيء أَيضاً فَبْرَكة. وكُلُّ كائنٍ يَرْفَعُ الآنَ ذراعيه مِثْلَ شجرةٍ في هذه القصيدة المُفَبْرَكة.

visto é um obstáculo imensamente fabricado. Ah, Nossa Senhora do Líbano, rogai por nós (embora saibamos que sua prece é fabricada).

Daqui a pouco vou dormir enquanto minha amiga doida dirige o ônibus de Nazaré. Palavras em hebraico voam ao seu redor como moscas porque ela pensa que a língua do inimigo é um cadáver, então digo: isso é ideologia fabricada, a língua do inimigo é um robô assexuado. Ela explode em uma gargalhada doida, fabricada. Explodimos em gargalhadas. Meu deus, não vamos morrer. Corremos para a eternidade enquanto nossos chinelos vão batendo. A eternidade é fabricada. Tudo que a precedeu foi uma fabricação. Tudo que está por vir é também uma fabricação. E cada criatura levanta seus braços como uma árvore neste poema fabricado.

EXAUSTO NA CRUZ

في مخيّم شاتيلا

تَقِفُ في القَيْظ أَمامَ "بيتها" في مُخيَّم شاتيلا
تقولُ لك العجوزُ السّامقة التي خَرَجَتْ مِنْ حيفا وعُمرها تسعة أَشهر
وهي الآن في الخامسة والسِّتين:
"عايشين بِذُلْ هون"...
في كلمتين
في لحظتين تقولُ لك كلَّ شيء

أَنهرٌ مِنَ النَّدم
سنواتٌ طويلةٌ من العَذاب
تَغرَقُ في الكلمتين.

تَنْظُرُ إِلى ظهرِها المُنحني
وتتذكَّرُ أَشجارَ الصَّنوبر في الكَرْمِل
تَنْظُرُ إِلى عينيها
وتتذكَّرُ سَماحةَ الشّاطئ
تشكو لك مِنْ ماءِ البَحْرِ المَالح في الحنفيّات
ولا تستطيعُ سِوى أَنْ تَبْتَسِم وأَنتَ تَفْتَحُ قَلْبَكَ لهذه الطِّفْلَةِ المُلتاعة
(أَنت تَعْرِف أَنَّك قَدْ لا تَراها ثانيةً
وأَنّك حينَ تعودُ إِلى حيفا لن تَجِدَها هناك).

ماذا قالت لك وهي تُودِّعك
ماذا وَعَدتها وأَنت تُودِّعها

Em Chatila

“Não há dignidade aqui”,
a velha mulher te diz,
a mesma que deixou Haifa quando tinha nove meses.
Ela agora tem sessenta e cinco anos
e está de pé no calor
fora de sua “casa” no acampamento.
Ela diz tudo
em questão de segundos.
Ela diz tudo
em apenas quatro palavras.

Rios de arrependimento,
anos de agonia afogados
em apenas quatro palavras.

Você olha para suas costas arqueadas
e pensa nos pinheiros de Monte Carmelo.
Você olha em seus olhos
e se lembra da delicadeza da costa
enquanto ela reclama contigo das torneiras
e da água salobra que sai delas.
E tudo o que você pode fazer é sorrir abrindo seu coração
para essa criança apaixonada.

كيف أَمكنك أنْ تَبْتَسِم دونَ اكتراثٍ لأَسيجةِ الحُدودِ الشّائكة
وهي تَلتفُّ على قلبك، ومياهُ البَحْرِ مالحة...

كيف أَمكنكَ
كيف أَمكنك...
يا ابن الحرام!

Você sabe que não tornará a vê-la:
ela não estará lá
quando você retornar de Haifa.

O que ela te contou quando disse adeus?
O que você prometeu a ela quando disse adeus?
Como você pôde sorrir, indiferente
à água salobra do mar
enquanto o arame farpado se enroscava em seu coração?

Como pôde,
seu filho da puta?

حكاية صغيرة عن إغلاق البحر

حينَ تَدْخُلُ ذلك الشّارعَ، على طَرفِ المَدينةِ
الذي يُوصِلُ للمخيَّم
إنْ وجدتَ أَطفالاً في خُروجِهم مِنَ تلكَ المَدرسةِ التي
تُشْبِهُ السِّجن
إنْ وجدتَ سَبْعةً مِنهُم يَقِفونَ على عَتبةِ الصَّمت
ويُراقِبون
إنْ رأيتَ طفلاً نحيلاً وعينين تلتمعان بِكُلِّ ذكاء الأَرض
تكونُ قَدْ عَثَرْتَ على صَديقي "تيسير".
إنَّ لأَهلِهِ بَلَداً سُرِقَتْ في وَضَحِ النَّهار
ويُمْكِنُك أَنْ تَلْحَظَ يَقظَةَ عصافيرِها في عينيهِ القَلِقَتَيْن
كما أنَّ بُيوتَ الإسمنتِ
وذكرى الصَّفيحِ
والأَصواتِ المُخيفةَ لـ لاسلكي جيشِ الاحتلال أَثناء أَسابيع "مَنْع التَّجوُّل"،
كلُّها لم تُنْقِص ذَرَّةً مِنَ التماعِ عينيه.
كانَ رأى البَحْرَ مَرَّةً واحِدة ولا شيء يُمكن أَنْ يُقنِعَهُ أَلّا يَذْهَبَ إِليهِ ثانيةً.
في أَيّام مَنْعِ التَّجوال الطَّويلة كانوا يُصَبِّرونَهُ بالوعود:
"حينَ يُرفع مَنْع التَّجوُّل سنأَخذك إِلى البَحْر"
وحينَ رُفع "مَنْع التَّجوُّل" أَخيراً ذات عَشِيّة، قالوا له:
"البَحْر مُغلق الآن، اذهب للنوم".
ليلتها لم يَنَم وهو يَتَصَوَّرُ عجوزاً
يُغلِقُ البَحْرَ بإنزال لَوْحٍ كبير مِنَ الصَّفيح

Um conto sobre o fechamento do mar

Quando você andar nessa rua às margens da cidade,
a rua que leva ao acampamento,
se você vir crianças saindo daquela escola
que parece uma prisão,
se você vir sete delas paradas ali, no limiar do silêncio,
observando,
se você vir uma criança franzina cujos olhos
estejam brilhando com todas as promessas do mundo,
você terá encontrado meu amigo Tayseer.
Sua família tem um país que foi roubado
em plena luz do dia,
e você vai perceber a vigilância dos pássaros
em seus olhos ansiosos.
As casas de cimento,
as memórias de telhas de alumínio,
as vozes que temiam
os transceptores das forças de ocupação
pelas longas semanas de toque de recolher —
nada disso tirou a menor fagulha dos seus olhos.
Ele viu o mar uma vez, e nada pode convencê-lo
de que não verá novamente.
"Quando o toque de recolher acabar,
te levaremos para o mar" —
era assim que costumavam confortá-lo.

يَمتدُّ مِنْ نَجمةِ الأُفق إلى رَمْلِ الشّاطئ
ويُحكِم إغلاقه بقفلٍ كبير (أكبر مِنْ قفل دُكّان والِدِه في شارع عُمر المُختار)
ثُمَّ تخيَّل العجوزَ عائداً إلى بيته.

حينَ تَدْخُلُ ذلك الشّارع على طَرفِ المَدينةِ
الذي يُوصِلُ للمخيَّم
إنْ لَمَحتَ عينين تَلتَمِعان بِكُلِّ ذكاء الأَرض
اسألهما أَرجوك إنْ كان البَحْرُ في غَزَّة قَدْ "فَتَحْ"
أَمْ ما زالَ مُغْلَقاً.

E quando o toque de recolher finalmente foi suspenso
numa noite, eles disseram,
"O mar está fechado agora, vá dormir".
Ele não dormiu aquela noite. Ele imaginou um velho
que fechava o mar baixando uma enorme telha de alumínio
que se estendia da estrela no horizonte à areia na praia:
o homem a prendia com um cadeado enorme,
depois voltava para sua casa (o cadeado era maior
que o da loja do pai de Tayseer na Rua Omar Mukhtar).

Quando você caminhar por essa rua às margens da cidade
(a mesma que leva ao acampamento),
se você vir dois olhos brilhando com todas as promessas
do mundo,
pergunte-lhes, eu te imploro,
se o Mar de Gaza já "abriu",
ou se permanece fechado ainda.

أَربعة أمتار

في تلك الغُرْفَةِ
التي كانت أَربعةَ أَمتارٍ × أَربعةِ أمتار
بَساتينُ تَمْتَدُّ إِلى اليونان
مُدُنٌ فارسيَّةٌ بأَكمَلِها
قندهار وبُخارى بمآذنها الأُسطوانيّة
كانَ فيها الوَجْهُ الشَّماليُّ مِنَ القَفْقاس وتلكَ الظِّلالُ الخضراءُ مِنْ أَرارات
ومقابرُ كثيرةٌ كنتُ أَتجنّب دائماً البحثَ في هُويّة أَصحابِها
وهوادجُ تتمايلُ في المُعَلَّقات
ونساءٌ بمناديل بيضاء أَطول مِنَ العُصور.
وكانَ البُعْدُ والقُرْبُ في تلك الغُرفَةِ حَجَرَيْ رَحىً
يَدورانِ على النَّفْس
أَقنيةُ موسيقى كانت تجوسُ، ولا يُحصَون أُولئك المُوسيقيّون الذين أقاموا فيها
ليالِيَ وواصلوا طريقَهُم...
فلاسِفةٌ يائسون أَيضاً وشُعراءُ هاربون مِنْ بُيوت أُمّهاتِهم
وروضاتُ أَطفالٍ تُديرها جِنّياتٌ مُتقاعِدات.
كانَ فيها ما لا أَقبِضُ عليه الآن ولا أَعرفُ حتّى أَنْ أُسمّيه
كانت خَلاءً على الأَرض ومُحْتَشِدَةً بالأُمم
كأنّها عُرْسٌ في صَباحِ يَومِ القِيامة.
يا مُحمَّد
أَين ذهبتْ كلُّ هذه الأَزمنة؟
خَلْقٌ كثيرون يَتَعَلَّقون قُصوراً مُشَيَّدةً في الجَنّة
أَمّا أَنا فلا أَبحث
هذا الصَّباح

Quatro metros

Naquele quarto que media quatro metros quadrados,
havia jardins que se estendiam à Grécia
e por cidades persas inteiras —
Candaar e Bucara com seus minaretes espirais.
Nele você podia encontrar a face norte do Cáucaso,
e as sombras verdes do Ararate, e todos aqueles cemitérios
que eu sempre evitei, não querendo saber os nomes nas
tumbas,
ou howdahs balançando em poemas pagãos,
e mulheres com lenços brancos mais longos que as eras.
Naquele quarto, proximidade e distância eram dois moinhos
influenciando o ser.
E a música estava sempre fluindo: incontáveis músicos
que passaram algumas noites antes de seguir seu caminho.
Havia filósofos desesperados,
poetas fugindo das casas de suas mães,
jardins de infância conduzidos por um gênio aposentado.
Havia também aquilo que eu não consigo conceber agora,
que eu sequer consigo nomear.
Era um vazio na terra, mas repleto de nações,
como um casamento na manhã do Juízo Final.
Mohammad,
para onde foram aqueles dias?
As pessoas se aferram a palácios no Céu,
mas tudo o que eu estou buscando, esta manhã,

سِوى عن أَربعةِ أَمتارٍ × أَربعةِ أَمتار
وحدي أَعرِفُ كيف ضَيَّعْتُها
وحدي أَعرِفُ... لن أَستَعيدَها.

são quatro metros quadrados.
Sou o único que sabe
como eles foram perdidos.
Sou o único que sabe
que não há como trazê-los de volta.

قصيدة عَرَضيّة بسبب امرأة

وصلتُ إلى هذه المَدينة بِسَبَبِ مَوعِدٍ عَرَضي مع امرأة
وها هي سنواتٌ سَبْعٌ تَنقضي وأنا فيها
تلك المَدينة أيضاً قَطَعْتُ الجِسْرَ إليها بِسَبَبِ مَوعِدٍ (كانَ هو الآخَر عرضياً)
كلُّ مكانٍ ذهبتُ إليه كانَ بسبب امرأة
ورَغْمَ جميع مَزاعمي الجوفاء أنَّ النِّساء بِلا ذِمام
فإنَّ دليلي كانَ دائماً امرأة
ولدتْني امرأة
وامرأةٌ أمسَكَتْ أصابعي وكَتبتْ
(وما زالت تَكْتُب حتّى بَعْدَ موتِها)
كلُّ بيتٍ سَكَنْتُهُ
بَنَتْهُ امرأة أو مَلَكَتهُ امرأة أو خَسِرتهُ امرأة

بلادي امرأة
وهذه الإلهة الأُم التي أَجُرُّ الصَّليب في شوارعها امرأة
وحينَ كانت جُثَّتي في العَراء ممنوعةً مِنَ الدَّفْن
- في حياةٍ سابقة -
خرجتْ لَهُم مِنَ الظَّلام لتدفنني امرأة
حينَ لَمْ يُصَدِّقني أَحَد
صَدَّقتني امرأة

Por causa de uma mulher

Vim para essa cidade
por causa de um encontro casual com uma mulher,
e agora sete anos se passaram.
E atravessei a ponte àquela outra cidade
por causa de um encontro com uma mulher
(também esse era casual).
A todo lugar que fui
fui por causa de uma mulher.
E apesar de todas as minhas alegações vazias de que
mulheres são desleais,
meu guia foi sempre uma mulher.
Uma mulher me deu à luz,
e uma mulher segurou meus dedos e começou a escrever
(e ela continua escrevendo, mesmo após sua morte).
Todas as casas em que vivi
foram construídas por uma mulher
ou eram propriedade de uma mulher
ou foram perdidas por uma mulher.
Meu país é uma mulher,
e essa deusa mãe
por cujas ruas arrasto uma cruz
também é uma mulher.
E em uma vida passada, quando meu corpo estava ao relento
e os proibiram de me enterrar,

وبسبب امرأة عِشْتُ الحياةَ بالطُّول والعَرْض

مِنَ المُؤسفِ حقّاً أَنَّ الرِّجال وَحْدَهُم سَيَدْفِنونَني.

foi uma mulher que emergiu das sombras
para me deitar sob a terra.
Quando ninguém acreditou em mim,
uma mulher acreditou em mim,
e por causa de uma mulher
vivi a vida ao máximo.

É uma pena que apenas homens
carreguem meu caixão
dessa vez.

أُغنية للكرمل

حيفايَ مَنْفايْ
لا تَبْتَئس أَيّها الكَرْمِلُ

إنْ شَحَّ عَنْكَ النَّدى
جُدْ بالنَّدى
أَنتَ النَّدِيُّ الأَوَّلُ

حيفايَ مَنْفايَ
والبَحْرُ مُعتَقَلٌ
لا تَبْتَئس
أَيّها الكَرْمِلُ.

Uma canção para o Monte Carmelo

Minha Haifa é o meu exílio —
não há por que sofrer, caro Carmelo.

Mesmo quando o orvalho se acaba nas suas alturas,
continue ofertando.
Lembre-se, a generosidade nasceu com você.

Minha Haifa é o meu exílio,
e o mar ainda está acorrentado.
Não há por que sofrer,
caro Carmelo.

عند شاطئ بحر الظّلمات

أَفاقَ مِنْ نومِه فوجدَ الكونَ يَتَقطَّر
الجُثّةُ غامقةٌ ومُعْتِمة
ليسَ مِنْ عبثٍ سمّاها أَجدادُنا بحرَ الظُّلمات
جُثّةٌ ما زالت الأَسماكُ والحيتانُ والدّلافينُ
والمَحارُ والطُّحْلُبُ تَمورُ في أَحشائها
جُثّةٌ ما زالت تَمْخُرُها السُّفنُ والبوارجُ الحَربيَّةُ وناقلاتُ النّفط
جُثّة ما زالوا يُرَدِّدونها اعْتِباطاً في القصائد

جُثّةٌ لا أَحَدَ يُكفِّنها
جُثّةٌ لا أَحَدَ يَدْفِنُها
جُثّةٌ يَتَقَطَّرُ مِنْها الكون.

O Mar Tenebroso[1]

Ele acorda de seu sono e encontra a criação pingando.
O cadáver é denso, opaco —
nossos ancestrais o chamavam de o Mar Tenebroso,
e por uma boa razão.
Um cadáver em cujas profundezas
os peixes e baleias e golfinhos,
os moluscos e algas
ainda estão se movendo.
Um cadáver que os navios de guerra e petroleiros
ainda estão sulcando.
Um cadáver que eles continuam arrastando para o verso.

Um cadáver que ninguém cobre,
um cadáver que ninguém enterra,
um cadáver do qual toda a criação
está pingando.

[1] Nota do tradutor: Mare Tenebrosum ou "Mar Tenebroso" é um antigo nome para o Oceano Atlântico, que data pelo menos da Idade Média.

مرثاة طفل نائم

I

يا بُنيّ، أَنا قادمٌ مِنْ ذاكرةِ مقتولين
تَخلِطُ بين الطِّفلِ النّائمِ والطِّفلِ القتيل
يا بُنيّ، لكنّك ما زلت نائماً
الحقلُ مُسْتَيْقِظٌ مِنْ حَوْلِكَ في اللَّوحةِ
وأنا، بَعْدَ منتصَف اللَّيل، مريضٌ ومُسْتَيْقِظٌ
في هذا الشَّمالِ البارِدِ
أَسمعُ نَقْرَ المَطَرِ المُعْتِمِ
وأَنت غافٍ لا تَسْمَعُ المَطرَ ولا هَواجسي
من أَين لي رِضاك لأنام؟
الحَقْلُ مُسْتَيْقِظٌ مِنْ حَوْلِكَ
ومِثْلي يُفكِّر في رَقْدَتِكَ الطَّويلةِ في الأَلوان الزَّيتيّةِ
بيدِ الرَّسام
وهي تغطّيك بطَبَقَةٍ مِنَ الهواءِ الدّاكنِ
أَنتَ نائمٌ الآن مَثْلَ طِفْلٍ قَتيل.

Elegia para uma criança dormindo

I

Filho, venho da memória
daqueles que foram mortos —
ela não sabe distinguir
entre uma criança dormindo
e uma criança assassinada.
Mas você ainda está adormecido, meu filho,
embora o campo esteja desperto à sua volta na pintura.
E eu ainda estou de pé, passada a meia-noite,
me sentindo doente nesta terra fria do Norte,
escutando a negra chuva bater.
Você ainda está adormecido, e não consegue escutar a chuva
nem as minhas dúvidas.
Onde posso encontrar
um sono tão satisfeito?
O campo está desperto à sua volta.
Como eu, está pensando
sobre seu longo sono nas cores do artista,
que ora te cobre
com uma camada de ar sombrio.
Você está dormindo agora
como uma criança assassinada.

II

الهواءُ ثقيلٌ في اللَّوحة
ولا يُسعفني النَّظرُ
وليس لي بأسُ أَنْ أَراك

أَستَسلِمُ لِلْغَبَش
وأنهار.

II

O ar está pesado na pintura,
e meus olhos não me ajudam:
Eu não tenho
a força para vê-lo.

Enfraquecido,
me rendo às trevas.

عندما أَيقظوكِ في الفجر

(إلى رسميّة عودة)

عِنْدَما أَيقظوكِ في الفجر
عِنْدَما علَّقوكِ مِنْ يَدِكِ كالذَّبيحةِ،
مِثْلُكِ كانَ المَسيحُ فِدائياً
لكنَّهُم حاكموه وصَلَبوه في بَحْرِ نَهارٍ واحِدٍ
أَمّا أَنتِ
فيا لِصَليبِكِ يُرْفَعُ كلَّ فَجْرٍ.

كانَ اسمه على القوائم السَّوداء
كانت أُمُّه تنامُ على وِسادةٍ مِنَ الكوابيس
مَنْ يُسْنِدها
بين نساءٍ قليلات أَمامَ سِجْنِ المَسكوبِيِّةِ
مُعَلَّقةً مِنْ يَدِها
إلى أَبْعَدِ نَجْمَةٍ في الكون.

أَيقظوكِ في الفَجْر، مَرَّةً أُخرى
علَّقوكِ من يَدِكِ كالذَّبيحة.

Eles te acordaram ao amanhecer[2]

Para Rasmea Odeh

Quando eles te acordaram ao amanhecer,
quando eles te penduraram para o abate...

Cristo era um fedayin, assim como você,
Mas ele foi condenado e crucificado
no decorrer de um único dia, enquanto você —
sua cruz é levantada a cada amanhecer.

Seu nome estava na lista negra deles,
sua mãe dormia num travesseiro de pesadelos.
Quais dessas poucas mulheres fora da prisão moscovita
conseguem apanhá-la quando ela cai,
dependurada como está
na estrela mais distante do cosmo?

Eles te acordaram ao amanhecer outra vez.
Eles te penduraram para o abate.

[2] Nota do tradutor: um centro de detenção israelense em Jerusalém, onde prisioneiros palestinos eram mantidos e interrogados.

كلُّ هذه الاعترافات

النُّكران تَلَقَّيْتُهُ بِلَمْعَةِ ابتسامة
كنتُ أَرباً عن دَفْعِ الأثمان
وما ضَرَّني أَنْ أَنامَ مجهولاً
وقَدْ عَرَفْتُ نَفْسي.

أَمّا الآن فلا أَعرفُ لِمَ يَلمعُ الحُزنُ مِثْلَ نُحاسٍ صَلْدٍ في الظَّهيرة
لِمَ تتَعافَرُ الرِّمالُ
كأَنَّ جَمَلاً هَجَّ وعلى ظَهْرِهِ الكَعْبَة

يا رب لم يَكُن هذا ما أُريدُهُ
ماذا أَصنعُ بِكُلِّ هذه الاعترافات؟

Tamanho reconhecimento

Aceitei a rejeição
com um sorriso no rosto.
Eu não estava a fim de pagar o preço
e nunca liguei de ser desconhecido
desde que eu me conhecesse.

Mas agora não sei dizer por que a tristeza está brilhando
como cobre no sol,
nem por que as areias formam redemoinhos
como se um camelo fugisse com a Caaba entre as corcovas.

Senhor, eu nunca quis isso.
O que posso eu fazer
com tamanho reconhecimento?

تَعِبَ المُعَلَّقون

I

تَعِبَ المُعَلَّقون
أَنزِلْنا
لِنَسْتريح.

نَجُرُّ تواريخَ
لا أَرضَ ولا سَماء.

يا رب
أَرِحْ ذَبيحتَك.

II

لم تَكُن لكَ أُمٌّ ولم يَكُن لكَ أَبٌ
ولَمْ ترَ إخوتَكَ
مُعَلَّقينَ بِمِخْلَبِ الفَجْرِ البارِدِ
لَمْ تُحِب إِنساناً
لَمْ يَهْجُرك إنسانٌ
ولَمْ يأكُل مِنْ يَدِكَ المَوت

أَنتَ لن تَفْهَمَ عذابَنا.

Exausto na cruz

I

Os enforcados
estão cansados,
então nos deixe descer
e nos dê alguma paz.

Arrastamos histórias nas costas
aqui
onde não há nem terra
nem céu.

Senhor,
afie sua faca,
e dê a seu sacrifício a sua paz.

II

Você não teve mãe nem pai
e você nunca viu seus irmãos
enforcados
nas garras frias do amanhecer.
Você não amou ninguém
e ninguém nunca te abandonou

III

لَسْتُ المَلِك داود
لأَجلِسَ عِنْدَ بابِ النَّدَم
أُنوِّح لكَ المَزاميرَ
بَعْدَ الخَطايا.

IV

أَنزِلْني
أُريدُ أَنْ أَستريح.

e a morte nunca comeu da sua mão.
Você não é capaz de entender a nossa dor.

III

Não sou o Rei Davi
para me sentar no portão do arrependimento
e cantar pra você salmos de lamentação
depois de pecar.

IV

Acabe comigo,
deixe-me descansar.

صلاة

إلهتي لَيْسَتْ مِنَ الغَيْب
يَعْرِفُها الذينَ يَسْتَقْبِلونَ الرَّغيفَ كأَنَّهُ المُعْجِزة
تأكلُ خُبْزَها مَعَهُم مِنْ عَرَقِ جَبينها.

مُباركةٌ أنتِ بين النِّساء والرِّجال
فليتقدَّس اسمكِ
وليأتِ ملكوتكِ
أيَّتُها العدالةُ الاجتماعيّة.

Uma prece

A deusa a quem rezo
não é de outro mundo.
Aqueles que recebem o pão como um milagre
sabem quem ela é.
Ela sua e sangra com eles,
ela reparte o pão com eles a cada dia.

Bendita seja, justiça,
entre mulheres e homens,
deixe que o seu nome seja louvado,
deixe que venha o seu reino.

إعلان نعي

ودَّ لو أَنَّ نَعْيَهُ كانَ كالآتي:
قارَعَ الغُزاةَ قَدْرَ ما استطاع
لم يَنتصر، لكنّه أَيضاً لم يُهزم
وفي النِّسيان صَنَعَ حياةً لأَلفِ سَنَةٍ قادِمة
ماتَ مُتَمِّماً واجِباتِهِ الشِّعريّة.

Um obituário

Ele esperava ler o seguinte no seu obituário:
Enfrentou os invasores da melhor forma possível.
Não foi vitorioso,
mas também não foi derrotado.
No esquecimento construiu uma vida
para mil anos por vir.
Morreu cumprindo suas obrigações poéticas.

في اليوم الثالث

في اليوم الثّالثِ مِنَ الخَلْق
بينما كانَ الرَّبُّ يَضَعُ لَمَساتِهِ الأُولى على اليابسة
اخترتُ شقَّةً مملوءةً بالكُتُب
قَطَعْتُ الطَّريقَ على جميعِ الطُّغاة
ونَفَيْتُ نَفْسي.

No terceiro dia

No terceiro dia da criação,
quando o Senhor dava os primeiros toques na terra firme,
escolhi um apartamento cheio de livros.
Eu precedi todos os tiranos:
fiz o trabalho por eles
e me coloquei em exílio.

بـ لا

عِشْتُ بِلا أُمٍّ ولا أبٍ
عِشْتُ بِلا إِخوة
عِشْتُ بِلا أَقران
عِشْتُ بِلا عُصبةٍ ولا صُحبة
ولا حُلَفاء

عِشْتُ بِـ لا.

Sem

Vivi sem mãe ou pai,
sem irmãos,
sem amigos,
vivi sem parentes ou companheiros,
sem aliados.

Vivi sem.

مواربة

ليسَ لي أَخٌ
أُمي وأَبي لم يَلِدا غيري
- في الحقيقةِ لم يَلِدا -
ليسَ لي أَصدقاء
هؤلاء أَحبّوا وكرهوا شخصاً ظَنّوه أنا
ليسَ لي بَلَدٌ
هذه بالمُوارَبة والشَّك أَصبحت بلادي.

Equívoco

Eu não tenho um irmão.
Meus pais nunca tiveram outro filho —
na verdade nunca tiveram *nenhum*.

Eu não tenho nenhum amigo.
Aquelas pessoas amaram e odiaram
alguém que pensavam ser eu.

Eu não tenho um país.
Por equívoco e dúvida,
este lugar se tornou meu país.

في الخسارة

مَنِ الأَشجعُ في الخسارةِ
مَنِ الأكثرُ إِقداماً في التَّقَهْقُرِ؟
أَسألُ ولا أُريدُ جَواباً

أَتقدَّمُ وأَتقهقرُ
أَتقدَّمُ وأَخسرُ.

Na derrota

Quem é o mais corajoso na derrota?
Quem é o primeiro
a recuar?
Pergunto sem esperar respostas.

Avanço e recuo.
Avanço na derrota.

الهالك

هالكٌ إنْ لم يُنقِذني إله
إنْ لَمْ تَتَشَفَّع لي امرأة
إنْ لَمْ يَطرُقْ بابي مَلاك

الصَّحراء واسعة في بيتي.

Interminável

Eu vou morrer se um deus não me salvar,
se uma mulher não interceder em meu nome,
se um anjo deixar de bater à minha porta.

O deserto em minha casa
é interminável.

إنّه البحر

الأَمَلُ المَرصود لليأس
اليأسُ النّاجي مِنَ الأَمَل

تلاشتْ أَوراقُ هذا البَحْر
شَجَرَتُهُ الوحيدة تَقرعها ريحٌ صَرْصَر
(تَهُبُّ مِنْ مَخطوطةٍ تُراثيّة)

إِنَّه البَحْر
الأَمَلُ المُوشَّى باليأس
اليأسُ المُقطَّر مِنَ الأمَل.

O mar

Esperança dedicada ao desespero,
desespero advindo da esperança.

As folhas desse mar dispersas,
sua única árvore
castigada por um vendaval
(soprando de um manuscrito antigo).

O mar:
esperança bordada com desespero,
desespero destilado da esperança.

أَن ترثي جبلاً

لیسَ بإمكان إنسانٍ معدنهُ الفَناء أَنْ يَرثي جَبَلاً
لكنّي سأُغامِر وأَرثيك
سأُغامِر بفَنائي
بأَنَّك ستبقى طويلاً ومرثاتي ستبلى
ليسَ بيدي حيلةٌ
هذا جنونٌ وَرِثتُهُ عن أَهلي
الرِّيحُ أَخذَتنا إلى المَنفى
وما زِلنا
نَحْسَبُ أَنفُسَنا جِبالاً لا تَهُزُّها الرِّيح.

Lamentar por uma montanha

Um homem cuja substância seja a impermanência
não pode lamentar por uma montanha,
mas vou arriscar
escrever um lamento para você.
Vou arriscar minha impermanência,
vou arriscar o fato de que você vai permanecer
enquanto minhas palavras desmoronam e se dissipam.
Não tenho cartas na manga,
essa loucura é comum entre meu povo.
Fomos lançados ao exílio
mas ainda pensamos ser montanhas —
montanhas indiferentes ao vento.

صبيّ الزّيتون

في إثر جبرا

قِصَّتي أَنَّني بِلا قِصَّة
وسيرتي مكتوبةٌ على مِياه هذا الجَدْوَل
مِنَ العَبَثِ أَنْ تَبْحَثَ عنِّي
(لن تجدني)
أَنا مُجرَّد كلماتٍ
رَدَّدَها صَبيٌّ
على جَبَلِ الزَّيتون
وهو يَحسَبُ أَنَّ الأَغصانَ تَحْفَظُها.

قِصَّتي أَنَّني بِلا قِصَّة.

O garoto das oliveiras[3]

Na esteira de Jabra Ibrahim Jabra

Minha história é não ter história,
e minha biografia está escrita
nas águas deste rio.
Não faz sentido procurar
(você não vai me encontrar).
Sou apenas palavras
que um garoto recitou
no Monte das Oliveiras,
achando que os galhos as protegeriam.

Minha história é não ter história.

[3] Nota do Tradutor: O poeta Jabra Ibrahim Jabra (1920—1994) nasceu na Palestina, mas começou a viver em exílio no Iraque a partir dos eventos de 1948. Este poema se refere à epígrafe dos Collected Poems de Jabra: "Então deixe que esses poemas sejam os galhos de uma árvore no Monte das Oliveiras. Um garoto plantou a semente daquela oliveira em dias passados. Ele era cheio de visões e não possuía nada além de seu amor e de suas palavras".

شأن شخصي

نَنْهارُ مِنْ تِلْقاءِ أنفُسِنا
الأمرُ لا يحتاج إلى زلازل وفيضانات أو قَصْفٍ حتّى.
أصلاً، نحنُ جِئنا لكي نَنْهار،
القِلاعُ القديمةُ لَيْسَتْ أحسنَ مِنّا
جِئنا لِنَنْهار
وانهَرْنا
هذا شأنٌ شَخصيّ
لا يحتاج إلى جَوقَةٍ ونادِباتٍ ومؤرِّخين.

Um problema pessoal

Desmoronamos por vontade própria —
sem a necessidade de terremotos ou enchentes,
nem mesmo de um bombardeio.
Desde o início,
viemos aqui para desmoronar.
Não somos melhores
que os castelos antigos.
Viemos aqui para desmoronar,
e foi exatamente o que fizemos.
É um problema pessoal —
sem a necessidade de coros,
de historiadores,
de carpideiras pra chorar por nós.

سلام موجِع

سماءٌ فَوْقَ بَحر
قُبلتي المُحرَّرة مِنَ المَعنى
سلامٌ موجِعٌ يُمَزِّقُ الظُّلْمَةَ
لا رَفيفَ فَراشةٍ
ولا رَفَّةَ جَناح.

قُبلتي مُحرَّرةٌ مِنَ المَعنى
وكلماتي في الأَسْر.

Uma paz dolorosa

Um céu sobre o mar.
Meus lábios, livres de sentido.
Uma paz dolorosa estilhaça a escuridão.
Não há borboletas cintilando
ou batendo asas.

Meus lábios estão livres de sentido,
minhas palavras permanecem cativas.

السيّدة تغنّي

طائرة
فَوْقَ ناطِحة سَحاب
وراءَها بَحْر
والسَّيّدة تُغَنّي مِنْ وراءِ ثلاثةِ عُقود
وطائرة أُخرى
لكنَّ صوت السَّيِّدة لا يَهتزّ
ولا يَرْتَعِش

طائرةٌ، ناطحةُ سَحابٍ، بَحْرٌ
وراءَ صوتِها.

Enquanto Umm Kulthum canta

Um avião
sobre o arranha-céu
com um mar adiante
enquanto ela canta
do fundo de três décadas.
E outro avião,
mas sua voz não se abala,
não treme.

Um avião, um arranha-céu, um mar
do fundo da sua voz.

كلُّها

عَرَباتٌ تَجُرُّها خُيولٌ سعيدة
أَم أكوردیونات
كُلُّهُ تجوالٌ يا عزيزتي
باصاتٌ مُتَجَهِّمَة وقَريباتٌ يُعْوِلْنَ على العَتَبات
كلُّها رِحلة
وها قَدْ عُدنا منها.

أُسمّيها الأَرض ولا أَخجلُ مِنَ التَّسمِية
كُلُّها أَرض
كُلُّهُ موت.

Tudo isso

Carruagens puxadas por cavalos alegres
ao som de acordeões
ou ônibus sombrios
com parentes chorando na porta —
é tudo uma jornada, querido,
e cá estamos agora, de volta.

Chamo-a terra, e não me envergonho.
É tudo terra.
É tudo morte.
Tudo isso.

VOCÊ NÃO É POETA EM GRANADA

واجبات مفتوحة

وبينما ظهيرةٌ تدور حول صنميْ أَساف ونائلة
قلتُ لها توقَّفي
أُريدُ أَنْ أَموت وأَرتاح قليلاً.

أَموتُ تارِكاً واجباتي مفتوحةً
نِكايةً في الذين تَمَّموا واجِباتِهم.

Deveres por cumprir

Quando o meio-dia circundava as estátuas
de Asaf e Naila
mandei parar —
eu quero morrer,
descansar um pouco.

Morro, deixando meus deveres por cumprir
para irritar as pessoas
que cumpriram os seus.

سَمِعْتُهُ يُغنّي

هذه القصيدة مكتوبةٌ إلى إنسان تحطّمت بِلادُه
ما بَقِيَ في يَدِهِ مَنَحَني إياه
وكَما في الحكمةِ القديمة "لا يَملك شيئاً ولا شيء يَملِكُه"
مِنْ قاعِ الحُطام سَمِعْتُهُ يُغنّي:
"يا مارق ع الطواحين والمَيّة مقطوعة"
وكانت المِياه والكهرباء والآمال
كُلّها مقطوعة.

Escutei-o cantar[4]

Este poema foi escrito para um homem
cujo país foi destruído
e que me deu tudo o que restava
em suas mãos, como no provérbio
"Não possua nada e nada te possuirá".
Das profundezas da destruição ele cantava:
"Você, que atravessa os moinhos quando a água é cortada".

Água, eletricidade, esperança:
todas foram cortadas.

---

[4] Nota do tradutor: esse verso faz parte de uma canção famosa da cantora libanesa Fairuz (nascida em 1935).

لا أزعم

I

لا أَزعُمُ أَنّ لي أَعداء
سِوى نَفْسي
الأَمّارةِ
الشَّقيةِ
النّائمةِ في سَريرِ شَقْوَتِها
المُستَعِدَّةِ دائماً لبَذْلِ دَمِها في سبيلِ أَصغَرِ تُرَّهَة
التي لم تُبْقِ شُغلاً لأَعدائي

لا أَزعُمُ أَنَّ لي أعداءَ سِواها.

II

لا أَزعُمُ أَنّ لي أَصدقاء سِوى نَفْسي
ولستُ مِنَ النّكران في شيءٍ
فهؤلاء الذين أُفرِدُ لهم مَكاني هُمْ أَيضاً نَفْسي
إِذْ أُقسِّمُها في نُفوسٍ كثيرة
وإِذْ أَخسَرُها واحِدةً واحِدة
كما يَخْسَرُ المَرءُ نَفْسَه
فلا أَزعُمُ أَنَّ لي أَصدقاء.

Não exijo

I

Não exijo ter inimigo algum
senão eu mesmo,
meu ser
melancólico
e exigente
que dorme na cama da sua miséria,
sempre pronto para derramar seu sangue
pela menor das coisas —
não deixando nada para os meus inimigos.

Não exijo ter inimigo algum senão eu mesmo.

II

Não exijo ter amigo algum
senão eu mesmo,
e não estou negando nada
já que as pessoas pra quem ofereço abrigo
são também eu mesmo,
que divido em várias partes
e perco uma a uma,

III

لا أزعُمُ أنّ لي صاحِباً
سِوى هذا الخَيال السّاري
حينَ يَسيرُ على الأرض تُسمّونه حُلماً
وحين يَسيرُ على رأسِهِ تُسمّونه وَهماً
لا أزعُمُ أنّ لي صاحِباً سِواه
حُلمي ووهمي وموتيَ اللَّذيذ في كلِّ ليلة.

IV

لا أزعُمُ أنَّ لي أهلاً
سِوى الذين فقدتُهُم في الحُروب
وفقدتُهُم في الهِجران
وفي جَنّات رضوان وفي الجحيم.

لا أزعُمُ أنَّ لي أهلاً سِوى هؤلاء
الضائعةِ قبورهم
المعروفةِ مَنافيهم
المقتولينَ على الشواطئ
والمُنتظرينَ على الحدود.

لا أزعُمُ أنَّ لي أهلاً سِوى أهلي.

assim como um homem perde a si mesmo:
não exijo ter amigo algum.

III

Não exijo ter companhia alguma
senão dessa imaginação errante:
quando ela anda no chão, chamamos sonho,
e quando ela anda na mente, chamamos ilusão.
Não exijo ter companhia alguma
senão disso — meu sonho, minha ilusão,
minha morte doce a cada noite.

IV

Não exijo ter família
para além daquelas que perdi nas guerras,
daquelas que perdi para o exílio
nos jardins do paraíso
e no inferno.

Não exijo ter família alguma
senão eles,
os enterrados em valas comuns
e em lugares de exílio bem conhecidos,
aqueles assassinados nos litorais,
aqueles que esperavam nas fronteiras.

V

لا أَزعُمُ أَنَّ لي بَلَداً
بَلَدي أَندلسٌ مِنْ قصائدَ وماء
فَقَدْتُها
وأَفقِدُها
وبالفُقدان تَصيرُ بَلَدي

لا أَزعُمُ أَنّ لي بَلَداً سِوى الفُقدان.

Não exijo ter família alguma
que não a minha própria.

V

Não exijo ter um país.
Meu país é uma península de poemas e água
que perdi
e sigo perdendo —
perdendo-a
ela se torna meu país.

Não exijo ter país algum
senão o que perdi.

أُقلِّبُ أَيامي

أُقلِّبُ أَيامي السبعة
فأَجِدُها ناقصةً يوماً
وأَحياناً أَكثرَ
حتّى أَني هذا الأُسبوع
قَلَّبتُ فَلَمْ أَجِد شيئاً.

Eu examino os meus dias

Quando eu examino os meus sete dias
descubro, sempre, que há um dia faltando,
e às vezes mais que apenas um —
tanto que essa semana
ao examinar
não encontrei nenhum.

لستَ شاعراً في غرناطة

عندما وجدتُ نَفْسي منسيّاً في شوارِعِك
عَرَفْتُ أنّني في مدينتي
قلتُ لنَفْسي:
ليسَ المَرءُ نبياً في مَدينَتِه
ولَسْتَ شاعراً في غرناطة.
ومثل وَلَدٍ عليه أن يُكافح عشرين سنة في غرفته
ليحظى بالوقوف عِنْدَ أوطأ عتبات الشِّعر
عليّ أن أكافح طويلاً في حُجراتِك دونَ أن تَعْرِفيني.
أَنتِ مِثْل بلادي قلَّما رأتني
عَوَّدَتْني على النّسيان وبِهِ كانت تُهَدْهِدُ سَريري
حتّى أصبحَ النِّسيانُ بَيْتي.

وسعادتي اليومَ أَنْ أُنسى
مِثْلَ شَجَرةِ رُمّانٍ نَسِيَها النَّسيمُ
في واحِدةٍ مِنْ حدائقك.

Você não é poeta em Granada

Quando me vi perdido em suas ruas
sabia que estava em minha cidade.
Disse a mim mesmo que um homem
não é profeta em sua cidade
e que você
não é poeta em Granada.
Como um garoto se esforça por vinte anos
sozinho em seu quarto
até ganhar espaço nos degraus mais baixos do verso,
devo me esforçar em seus quartos
sem que vocês me conheçam.
Vocês são como o meu país — que quase nunca me viu,
mas me habituou ao esquecimento
e com ele embalou meu sono
até que se tornasse minha casa.

Minha alegria, hoje, é ser esquecido
como o vento esquece a romãzeira
em um de seus jardins.

أَن يكونَ خالياً

على قلبِكَ أَن يكونَ خالياً
كفؤاد أُمِّ موسى،
خَفيفاً
كمَركَبٍ يَشُقُّ نهراً في لوحة.

Deveria ser vazio

Seu coração deveria ser vazio
como o coração da mãe de Moisés,
deveria ser leve
como um barco atravessando o rio
numa pintura.

الشِّعر يَفرّ

لا يُمْنَحُ الشِّعرُ للمنطلقين إِلى أَعمالهم
أَو مدارسهم
لا يُمْنَحُ للمتتبِّعين ظِلَّ بُغْيَتِهِم
لا يُمْنَحُ للشاطر والعَيّار
لا يُمْنَحُ لي
ولا لك.

الشِّعرُ يَفِرُّ إِلى الجِهة الأُخرى.

A poesia escapa

A poesia não é concedida
às pessoas que saem pra trabalhar
ou vão pra escola,
não é concedida àqueles que perseguem
as sombras dos seus desejos,
não é concedida a você
ou a mim.

A poesia escapa
pro lado de lá.

رسالة

تُقَطِّعُ الأَيامَ وتُفكِّر بـ"ليلى"
رسالتُها تُثْقِلُ قلبَكَ
وشُبّاكَكَ
وتَجْعَلُ سِجْنَكَ مَرئيّاً.

Uma carta

Você esculpe seus dias e pensa em Leila:
a carta pesa no seu coração
e na sua janela
e torna sua prisão
visível.

تقولُ إنّ

تقولُ إنَّ الفجرَ مُنعِشٌ وسَخيٌّ
مثلك يَنهضُ مِنَ القِدَم
جديداً
كأنّه أوّل فَجْرٍ
كأنّه فجرٌ أخير.

Você diz

Você diz que o alvorecer é revigorante e pródigo:
como você, ele surge
do tempo imemorial
outra vez,
como se fosse o primeiro alvorecer,
como se fosse o último.

الْمَاء لا يتذكّر

استعِنْ باللُّغة
لا يابسةَ غَيْرَها للمراكِبِ التي تَتَقاذَفُها أَمواجُ النَّحس
استعِنْ باللُّغة
فطالما استَعانَت بِكَ في تَصريفِ مواجِدِها الكثيرةِ
أَفعىً تَلوذُ باللَّهب مِنَ اللَّهب
إِنسانٌ يَلوذُ مِنْ أَسَدٍ جائعٍ بأَسَدٍ جائع
استعِنْ بكلام الأَسلاف
فكلامُ مُعاصريكَ لا يُواسي جُرْحاً ولا يَمْنَعُ مُنْتَحِراً
ولا يوقِفُ هذه الغازات السّامة
التي تطرُدُكَ مِنْ مَسْقَط رأسِكَ
وتُفسِدُ مَنفاك.
مِنْ مدينةٍ إِلى مدينةٍ خَسِرْتَ حياتَك
وما زِلْتَ واحداً مِنْ مُوسِري الخُسْران
رأيتك تَخْسَر
سَمِعتُكَ تَخْسَر
لَمَسْتُ وتَذوّقتُ وشَمَمْتُ خسائرك، كما لم أَشُمَّ وأَتذوَّقَ وأَلمَسَ،
كأَنّما الحَواسُّ خُلِقَتْ لهذا.
تُشرقُ شَمْسُ الخُسران في حياتك وتسمّي نفسها أَندَلُساً
وأَيامُكَ تسيلُ في نَهْرِ "حَدرة"...
المَاءُ لا يَتَذكّرُ أَهلاً ولا يَسْمَعُ صوتَ الصَّديق
وليسَ عِنْدَهُ حِسٌّ بالعَدْل

A água não se lembra

Refugie-se na linguagem:
é a única terra firme
para navios arremessados pelas ondas da desgraça.
Refugie-se na linguagem:
ela se refugiou em você muitas vezes
para expressar todas as suas paixões,
uma cobra buscando abrigo das chamas
dentro das chamas,
um homem fugindo de um leão
nas garras de outro.
Refugie-se nas palavras dos antepassados,
pois as palavras dos seus contemporâneos
não podem curar uma ferida
ou evitar um suicídio
ou parar com esses gases venenosos
que te tiram de casa
e destroem seu local de exílio.
De cidade em cidade, você perdeu sua vida
e permanece
pleno de perdas.
Te vi perder,
te ouvi perder,
toquei, provei, cheirei suas perdas, como nunca
tinha tocado, cheirado ou provado antes —

وذاكرَتُكَ تتدفّقُ في المَاءِ دونَ أن تَتْبَعَها إلى المَصَبّ
ودونَ أن يَعْرِفَ أنّها ذاكرَتُك.

تُشرِقُ شَمْسُ الخُسران
وأيامُك تَهْدِرُ صامتةً.

como se os sentidos fossem feitos para isso.
O sol da perda se ergue sobre sua vida
e se denomina andaluz,
e seus dias fluem no rio Darro:
a água não se lembra
de uma família,
não escuta
a voz de um amigo,
e não tem senso de justiça.
Sua memória flui pela água
mas você não vai segui-la
até a foz do rio;
ela nem sequer sabe
que é uma memória sua.

O sol da perda se ergue
enquanto seus dias rosnam em silêncio.

Najwan Darwish (Jerusalém, 1978) é um dos mais destacados poetas de língua árabe. Sua poesia é influenciada pelas tradições árabes e ocidentais, tanto clássicas quanto modernas, bem como pela poesia sufi. Ele explora temas como a fé, o poder e o trauma para lançar interrogações à história e ao status quo. Sua obra poética, que abrange atualmente nove livros de poemas, já foi traduzida para mais de vinte línguas e tem sido publicada amplamente no mundo inteiro. Najwan Darwish recebeu diversos prêmios internacionais, entre os quais o Sarah Maguire Prize (Reino Unido, 2022), e o Cilento International Poetry Prize (Itália, 2023).

Thiago Ponce de Moraes (Rio de Janeiro, 1986) é poeta, tradutor e professor, autor de, entre outros, os livros de poemas *Espacelamentos* (2023) e *Dobres sobre a luz* (2016), finalista do Prêmio Jabuti; e a seleção de poesia bilíngue *Glory Box*. Doutor em Estudos de Literatura pela UFF com trabalho sobre a obra de Paul Celan, é docente e pesquisador no IFRJ. Como tradutor, verteu ao português poetas como Louise Glück, John Burnside, Najwan Darwish, Yusef Komunyakaa, Emily Dickinson, Antonio Gamoneda, Rafael Cadenas, bem como diversos poetas contemporâneos da Europa e da América Latina. Seus poemas já foram traduzidos a línguas como inglês, catalão, espanhol, chinês, italiano, macedônio, croata, árabe, entre outras. Coordena o projeto de leitura e difusão de poesia na página @poemateca do Instagram.

Bibliografia selecionada de Najwan Darwish

árabe

كُلّما اقتربتُ من عاصِفة
2018, Al-Feel Publications & Arab Institute for Research and Publishing: Jerusalém, Palestina & Beirute, Líbano.

تَعِبَ المُعلَّقون
2018, Al-Feel Publications & Arab Institute for Research and Publishing: Jerusalém, Palestina & Beirute, Líbano.

استيقَظنا مَرَّةً في الجَنَّة
2020, Al-Feel Publications & Arab Institute for Research and Publishing: Jerusalém, Palestina & Beirute, Líbano.

كُرسيّ على سور عكّا
2021, Al-Feel Publications & Arab Institute for Research and Publishing: Jerusalém, Palestina & Beirute, Líbano.

inglês

Nothing More to Lose
2014, New York Review Books, Nova Iorque, EUA. Tradução: Kareem James Abu-Zeid.

Embrace
2020, The Poetry Translation Centre, Londres, Reino Unido. Tradução: Atef Alshaer e Paul Batchelor.

Exhausted on the Cross
2021, New York Review Books, Nova Iorque, EUA. Tradução: Kareem James Abu-Zeid.

No One Will Know You Tomorrow
2024, Yale University Press, New Haven, EUA. Tradução: Kareem James Abu-Zeid.

espanhol

Durmiendo en Gaza
2017, Valparaíso México, Cidade do México, México. Tradução: Diana Sofía Calderón e Ali Calderón.

No Eres Poeta en Granada
2018, Sonámbulos Ediciones, Granada, Espanha. Fotografias de Cristina Osorio. Tradução Ibrahim El Yaichi.

Exhausto en la Cruz
2022, Vaso Roto ediciones, Madri, Espanha. Tradução: Francis Simán.

Nada más que Perder
2024, Vaso Roto ediciones, Madri, Espanha. Tradução: Juan José Vélez Otero.

Fotografias cedidas pela The Palestinian Museum

A Boy Child, Shatila Camp, 1987. (Shatila Palestinian Refugee Camp in Lebanon)

A Palestinian Boy Child in a Palestinian Refugee Camp, Lebanon, 1982- 1989.

*Jenin Palestinian Refugee Camp.*Fotografia tirada durante a segunda Intifada, 2000-2005.

*Shatila 1982 before the Ordeal of Successive Sieges Began.*Campo de refúgiado de Shatila, 1982.

Children from al-Kayed family. The Ragheb Kayed Collection 1957.

*Young Boy Making Victory Sing, Qalandiya Palestinian Refugee Camp.*Fotografia tirada durante a primeira Intifada, 1987.

No momento em que editamos este livro, mais de 40 mil palestinos foram assassinados na atual guerra (genocídio) perpetrada por Israel em Gaza/ Palestina, iniciada em outubro de 2023.

agosto de dois mil e vinte quatro